書下ろし

走れ走れ走れ

鬼千世先生と子どもたち

澤見 彰

祥伝社文庫

目次

『走れ走れ走れ』の舞台

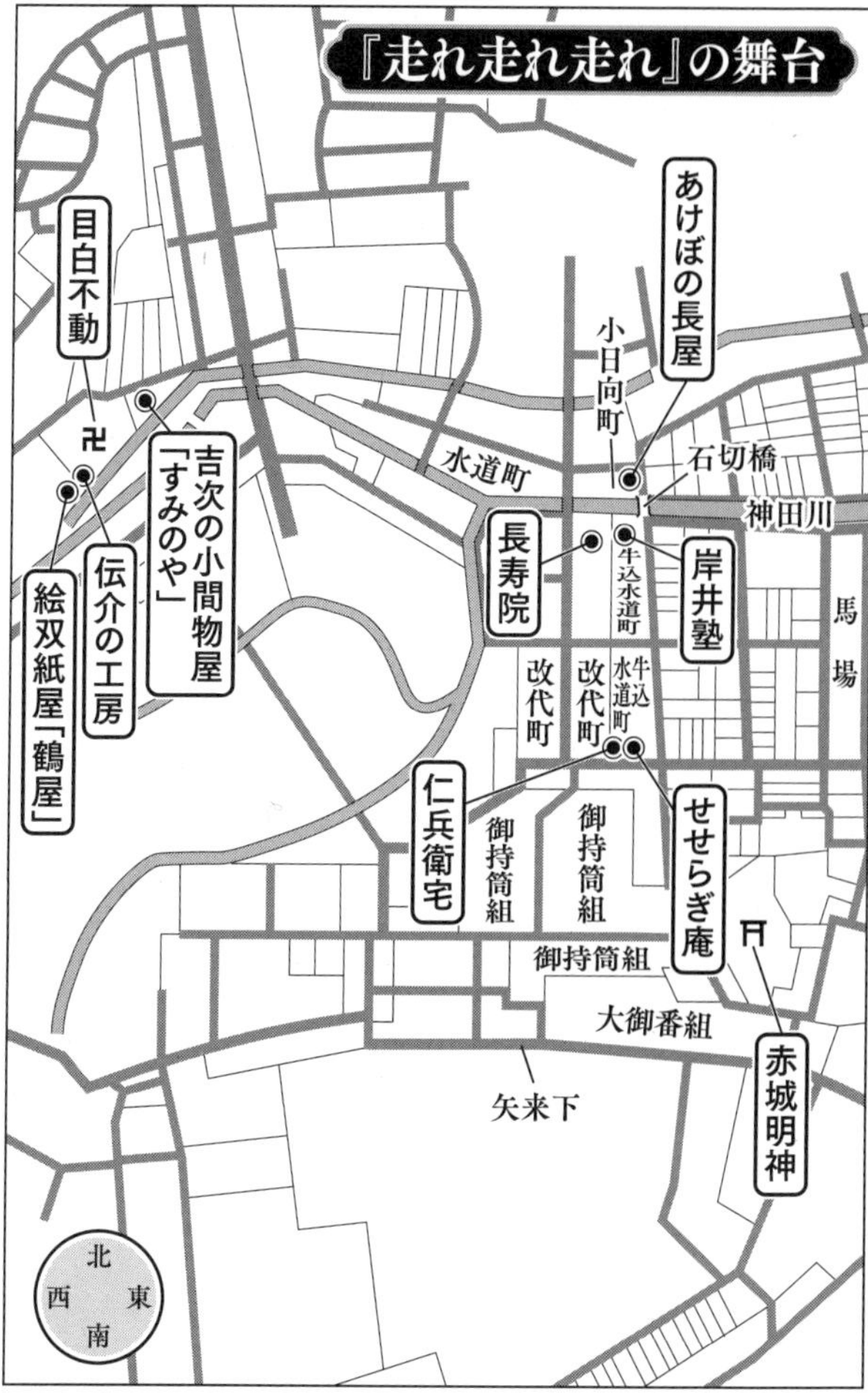
あけぼの長屋
目白不動
小日向町
吉次の小間物屋「すみのや」
水道町
石切橋
神田川
長寿院
牛込水道町
岸井塾
伝介の工房
絵双紙屋「鶴屋」
馬場
改代町
改代町
牛込水道町
仁兵衛宅
せせらぎ庵
御持筒組
御持筒組
御持筒組
大御番組
赤城明神
矢来下
北
西
東
南

地図作成／三潮社

一　牛込《うしごめ》算術大会

日ごとに冷気が緩《ゆる》み、身も心も軽やかになる弥生《やよい》の頃。

平太《へいた》にとっては江戸に出てきてはじめての春。陽気につられたのか、足取りは軽やかだった。久しぶりの遠出で、賑《にぎ》やかな鼓《つづみ》や笛の音色《ねいろ》に誘われたせいもあり、懐《なつ》かしい人に会える楽しみもあったからだ。

朝方に牛込水道町《うしごめすいどうちょう》を出てから、神田川《かんだがわ》沿いをずっと東に歩きつづけ、向かったのは両国《りょうごく》、西広小路《にしひろこうじ》。

行く手にあらわれた大きな橋の上に、人の頭が鈴なりになっているのが見える。両国橋が架かる大川《おおかわ》では、夏になると華麗な花火が打ち上がり、橋の上は見物客でいまよりもっと多くの人でごった返すという。どれほどの熱気だろうか。想像だけで平太はのぼせてしまいそうだった。

本来は火除《ひよ》け地であるはずの広小路では、芝居や軽業《かるわざ》の小屋、土弓場《どきゅうば》、髪結《かみゆい》床《どこ》、はたまた舟宿や料理茶屋が軒を連ねていた。橋の向こうの東広小路では、ほかに青物や草花を売る市場も開かれる。両国広小路は一大娯楽街の様相だ。

「なんて賑やかなんだろう」

弾む胸を押さえながら、平太はつぶやいた。

行く手に芝居小屋と、林立した幟《のぼり》が見えてきたところで、さらに人が増えてきた。

両国広小路の真ん中には仮設の芝居小屋が立てられ、それを取り囲む竹矢来《たけやらい》に「中村仲蔵《なかむらなかぞう》」と染め抜かれた幟が幾本も並んでおり、敷地の端には「中村座」と書かれた大きな櫓《やぐら》がそそり立っていた。

皆が、その幟や櫓を目指して続々と集まってくるのだ。

平太の目的地もまた、広小路に設《しつら》えられた芝居小屋だった。

もっとも平太自身が小屋に入るわけではない。居候《いそうろう》先の主人の荷物持ちで、ついでに小屋の周りだけでも見学に来させてもらっただけだ。この日の興行は、江戸じゅうの芝居好きが注目していて、昨今でもっとも席を取るのが難しいと囁《ささや》かれていた。

「中村仲蔵の最後のお芝居が観られるなんて、果報なことですわ、ねぇ、千世先《ちよ》
生」

「ほんとうに。今日はありがとうございます、綾《あや》さま」

「いえ、ちょうど三人分の席が取れてよかったですわ。あぁそれにしても、小屋に入る前から胸がいっぱいになって参りましたね」

荷物持ちである平太の前を歩くのは、明るい色味の着物をまとった女性三人連れだった。浮かれた気持ちが、着物からも、話し声からも伝わってくる。

ひとりは、平太の手習い師匠であり居候先の主でもある、鬼千世《おにちよ》先生こと尾谷《おだに》千世。ふたりめは、手習い所せせらぎ庵《あん》の近所にある、いろは長屋の主の妻、およね。いまひとりは、平太は初対面の相手だ。すらりと身丈《みたけ》が高い武家の妻女が、千世たちを誘った、工藤《くどう》綾だ。二十代半《なか》ばくらいだろうか。江戸詰めの藩医の娘であり、藩主の娘の奥勤めをしていたということだった。いまは亡き千世の夫を通して知り合った仲だという。

浮かれる女性三人の姿や、幟を目指して広小路に集まってきた人々の群れを眺《なが》めながら、平太はため息をついた。

――なんて人気なんだろう。

新年あけて間もない時分、平太は、江戸じゅうの好事家《こうずか》をこの場に引き寄せている、江戸歌舞伎の名役者、中村仲蔵と話をする機会を得た。せせらぎ庵の筆子《ふでこ》であり、いまは錦絵《にしきえ》の摺師《すりし》の修業をしている一蔵《いちぞう》が、弟子入り前に工房を見学したときに、平太も同行した。そこで、たまたま訪れていた仲蔵に会ったのだ。

仲蔵は、五十を超えているとは思えない若々しさと、かろやかな身ごなし、くわえて老若男女を引きつけてやまない色気を兼ね備えた人物だった。

その中村仲蔵が、この日の興行を最後に、役者を退《しりぞ》くという。つまり引退興行だ。歴史に名を残すであろう役者の晴れ姿を、目に焼き付けておこうと、客たちも熱が入っているに違いない。

――きっと語り継がれる演目になるのだろうな。間違いない。

人々の熱気を肌で感じながら、心のなかで仲蔵へ喝采《かっさい》を送っていると、やがて前を歩く千世たちが足を止めた。芝居小屋の前に着いたのだ。

「平太、では、わたしたちは中に入りますよ」

「はい、行ってらっしゃいませ」

平太は手に持っていた三人分の荷を、それぞれに手渡しながら返事をする。

「おれは芝居が終わるまで、一蔵ちゃんと一緒にいますから」

「一蔵は、小屋の裏手の控《ひか》えにいるのでしたね。くれぐれもよろしく伝えておいてください。あぁそうだ、これで一蔵たちと甘酒でもお飲みなさい」

「ありがとうございます」

荷物持ちの駄賃ということだろう。平太は、千世が差し出した、銭の入った紙包みをうやうやしく受け取りながら頭を下げた。

「千世先生、およねさん、綾さま、皆さまどうぞ楽しんで来てください」

芝居小屋の入り口に吸い込まれていく千世たちを見送ったあと、平太は踵《きびす》を返し、人の流れに逆らい、小屋の裏手へと小走りで回り込む。

裏手にまわると柵が途切れている箇所が一か所だけあり、そこが、芝居にかかわる裏方たちの控え小屋へとつづく入り口となっている。平太が敷地内へ踏み込むと、壁がわりの筵《むしろ》の裏にいたひとりの人物が、平太の姿に気づいて手招きしてきた。

「平《へい》ちゃん、こっち、こっちだよ」

「一蔵ちゃん！」

平太を呼んだ相手は、正月明けまでせせらぎ庵に通っていた一蔵だ。十三歳になる。手習いを終えるための試験である大浚《おおさら》いを無事にすませ、いまは錦絵の摺師である伝介《でんすけ》という老師匠のもとで摺師見習いをしている。

「平ちゃん、息災《そくさい》だったかい？　せせらぎ庵のみんなは？」

　およそひと月ぶりに会う一蔵は、せせらぎ庵に通っていたときよりも、すこしおとなびて見えた。愛嬌があった丸い顔が、やや引き締まって見えたのだ。

　一蔵の成長に驚きつつ、平太は頷《うなず》いてみせた。

「うん、みんな変わりないよ。千世先生も相変わらずさ。あぁ、そうだ、留《とめ》ちゃんはいつも一蔵ちゃんのことを気にかけてる。今日も誘ってみたんだけど、家の用事があるからって来られなかったんだ」

「そうなんだ……」

　留ちゃんこと留助《とめすけ》は、平太と同年で十二歳になる、せせらぎ庵でも年長の筆子だ。一蔵とは、同時期にせせらぎ庵に通いはじめ、一番の仲良しだった。だが留助は、このひと月、修業で忙しいであろう一蔵に迷惑をかけたくないと、一度も会いに来ないらしい。しょんぼりと肩を落とす一蔵の背後から、

「なんだ、留のやつは来ないのかぃ」

　と言いながら天幕を押し開いて、もうひとり男の子があらわれた。その子は、やはり平太と同年くらいだろうか、「鶴屋《つるや》」と屋号を打った前掛けをしている。

平太も一度は会ったことがある相手だった。

「長次《ちょうじ》さん」

「せせらぎ庵の平太だったっけ。久しぶりだね」

長次という丁稚《でっち》ふうの男の子は、板元鶴屋の跡取り息子だ。

鶴屋は、目白坂《めじろざか》沿いにある板元で、錦絵作りの取り纏《まと》めと、小売も行っている。錦絵作りの一端にかかわる摺師からすると、総元締めになるわけだ。

鶴屋では、中村仲蔵引退興行に合わせ、仲蔵の錦絵を多数売り出していた。この日も、観覧のついでの客や、観覧ができなかった者も含め、錦絵を求める人たちはひきもきらない。鶴屋の奉公人たちは、朝から店と小屋の往復で大車輪だという。長次は、その鶴屋当主のひとり息子であり、将来店を継ぐべく、いまは商いを学ぶために丁稚勤めをしているのだ。

その長次が留助のことを知っているのは、ふたりがもともと幼馴染《おさななじみ》だからだが、つい最近、大きな諍《いさか》いを起こしてしまっていた。平太や、せせらぎ庵の鬼千世先生の助けもあり、いまは騒動も解決して仲直りしたはずだ。今日みたいなお祭り騒ぎは仲を確かめ合うのにいい機会だったのだが、留助が顔を出さないと知って、長次もすこし残念そうだ。

「留助は変わらずやっているんだよな？」

「ええ来年までには奉公に上がろうと、いま一所懸命に手習いの仕上げをしています」

「ならばよかった」

「留ちゃん、今日はほんとうに用があったんです。親戚《しんせき》の法事があるとかで。一蔵ちゃんにも、長次さんにも会いたがっていましたよ」

「そうかい、ありがとうよ」

一見、不愛想にも見える長次は、やっと口もとを緩めて笑顔をみせた。

長次の笑顔を見て、平太も安心した。

これは一蔵だけが知らないことだが、留助と長次の諍いは、一時はのっぴきならないところにまで及んだのだ。罪をみとめた長次は、留助を傷つけたことを心から悔《く》い、己《おのれ》の犯した罪の深さに慄《おのの》いていた。ゆえに平太は、長次が己を責めるあまりに立ち直れないのではないかと気にしていたのだ。

だが、長次はいまやすっかり心を入れ換え、店の手伝いに邁進《まいしん》している様子だ。そんな姿を見ることができて、平太も心からほっとしていた。

平太もまた、長次に笑顔を向ける。

「また機会があったら、留ちゃんを誘ってみますね」

「うん、そうしてくれ。留助にもよろしく伝えてくれよな」

「はい」

平太が頷いたところで、天幕が揺れるほどの歓声が轟《とどろ》いた。

驚いて小屋を見上げた平太は、興奮ぎみに一蔵に尋ねてみる。

「ものすごい掛け声だね。これってもしかして、仲蔵さんが登場したのかな」

「あぁきっとそうだよ。しかも中村仲蔵の十八番《おはこ》、『仮名手本忠臣蔵《かなでほんちゅうしんぐら》』五段目、斧定九郎《おのさだくろう》。誰ひとり中座しない、弁当を食うのも忘れちまうっていう、伝説の弁当幕」

稀代《きたい》の歌舞伎役者、中村仲蔵の最後の晴れ舞台がはじまろうとしていた。


中村仲蔵の引退興行から、数日後。

平太は、あの時におぼえた感動を、いまだ鮮烈に思い出してしまう。

あの日――芝居がはじまるとともに、平太、一蔵、長次は並んで小屋の筵に張りつき、小屋のなかで行われていることに耳を傾けたものだった。

役者たちの台詞《せりふ》と熱意、客たちの熱狂と息遣いが、筵を通して、平太たちの体の芯《しん》にまで響いてきた。立ちっぱなしで痛くなる足のことも忘れ、しばらく聞き入っていると、やがて演目がひとつ終わったらしく、拍手喝采が沸きおこり、仲蔵の口上《こうじょう》がはじまった。

そのとたん、先刻までの興奮が嘘のように静まり返る。

やがて明瞭でありながら、じんわりと染み渡る、名役者の朗々たる声が響きわたった。いまこの世で言葉を発しているのが、仲蔵だけなのではないのかという、不思議な感覚だった。

はじめは役者ならではの独特の台詞回しの口上だったが、いったん間《ま》を置いて、仲蔵は言葉遣いを変える。

「えぇと、かたっくるしい挨拶《あいさつ》はやめにしましょうか。あたしらしくないや」

客がふたたびわっと沸いた。

歓声が静まってから、仲蔵はふたたび語りだす。

「皆々さま、此度は日々の忙しさの合間を縫《ぬ》って、賑々《にぎにぎ》しくお運びくださいまして、厚く御礼申し上げます。あたしは、旅芸人に拾われた縁で歌舞伎《かぶき》一座で厄介《やっかい》になることになったっていう、家柄もへったくれもない下の下からはじまった役者人生でした。それがどんな運命の気まぐれか、名題《なだい》なんて大層な位をいただいて、こうして皆様の前で舞台に立ちつづけてこれた。ほんとうに果報者です。ただ芝居をしていたいっていう一念だけで、ここまでやって参りました。何も持たなかったあたしですが、これだけは、やり遂げたと自負しております。どうか皆様も、ひとつだけでいい、拠《よ》って立つところや、やり遂げるべきものを見つけ、そのために一所懸命に生きていってください」

水を打ったような静けさのなかで、仲蔵の声が朗々と響く。

「永らくご贔屓《ひいき》くださいまして、まことにありがとう存じました」

そのひと言で締めくくられたあと、静寂から一転、場内が割れんばかりの拍手や喝采が沸き起こった。

それを聞いていた平太たちも、目の奥がじんと熱くなってきて、胸の内が震えた。

二度とはないかもしれない場面に立ち会っているのだと感じ、筵に耳をつけながら、平太たちは感激のあまり涙していたのだ。そのときの興奮は、なかなか忘れられるものではない。

ゆえに手習いをしているときでも、ふと、仲蔵の言葉を思い出す。

「ひとつだけでいい、拠って立つところや、やり遂げるべきものを見つける」という、あの言葉だ。仲蔵のように、多くの人たちに感動を与えられる人物になるのは難しいかもしれない。そんなことができるのは、ほんの一握りの人だけだろうから。けれども、平太は思うのだ。些細《ささい》なことでもいい。自らの一生のなかで、己のやるべきことを見つけたい、と。

さて——では、そのために何をやればいいのか。やるべきことを見つけるのは難しいことであるし、見つかったとしても、実際に行動することはさらに容易《たやす》いことではないはずだ。

せせらぎ庵にやってきて、しばらく中断していた手習いを再開し、読み書き算《そろ》盤《ばん》はだいぶ上達してきたと感じてはいる。だが、それでやっと人並みだ。やるべきことを見つけたり、行うためには、さらに何かを学んでいかなければならないのだろう。

「まだまだ精進《しょうじん》が足りないってところだろうか」

近頃では、読み書き算盤の初歩を終えて、やや難解な漢文の読み下しを千世に習っている平太である。これに慣れて、多くの書物に目を通すことができれば、「やれること」の幅が広がるのではないか。そう信じて、焦《あせ》る気持ちを抑えながらこつこつと目の前の課題をこなす日々だった。

ある日のことだ。

平太が地道な努力を重ねるいっぽうで、筆子の年下組のひとり、年が明けてちょうど十歳になった亀三《かめぞう》が、鬼千世先生に願い事を申し出た。

「千世先生、おいら算術会に出てみたいんです」

午前の手習いを終え、家にいったん引き取って昼餉《ひるげ》を取り、午後の手習いのために、筆子たちがふたたび戻ってくる時分。この日、一番に戻って来た亀三が、なぜだか母親とともにあらわれて、慌《あわ》てふためく母親をよそに、千世に向かって言った。

亀三はいまだ十歳ながら、もっと幼《おさな》いころから算術に興味を示し、せせらぎ庵に通いはじめてから、ことのほか熱中するようになった。筆子ひとりひとりに合わせた指南をするという、千世ならではの方針だ。なので亀三は思うまま没頭することができ、読み書きは同年の子らよりも苦手ながら、算術となると、おとな顔負けの才能をあらわした。

その亀三が、唐突《とうとつ》に「算術会に出たい」という。

わけがわからないといった様子なのは、亀三の母親だった。亭主ともどもっとめに出て忙しくしており、普段息子が何に熱中しているのか知らない。ゆえに戸《と》惑《まど》いを隠せなかった。

母親は、ここまでの経緯を語りはじめる。

「聞いてくださいよ。この子ったら、昼を食べに帰ってくるなり、急にこんなことを言いだすんですよ。算術の……会……ですって？　いったい何のことやら」

「算術の問題がいくつか出題されるから、それをいかに正しく解くか、難しい問いを何題解けるのか、優劣を競うんだよ」

「お前は黙っていなさい。いまは先生と話しているんだから。ねぇ先生、あたしは、いままでこんな話聞いたことなかったし、寝耳に水ですし、千世先生がこの子に何か吹き込んだんでしょうか？」

「先生のせいじゃない。おいら、前から幾度か話してたじゃないか。算術をもっとやってみたいって。おっかさんが、忙しさにかまけて聞いてないか、笑い飛ばして相手にもしてくれなかったんじゃないか」

亀三も引き下がらなかった。いったん千世のほうから視線をはずし、母親がもどかしそうに息子に問い詰める。

「わかったよ。そうだったとして、お前、どうして算術なんかしたいの」

「おいら算術家になりたい」

「算術家だってぇ？」

裏返った声をあげたのち、母親はおもわず噴き出していた。

「何をばかなことを」と言いかけた母親も、亀三にじろりと睨《にら》まれ、漏《も》れかけた笑いをおしとどめた。

そこでやっと千世が割って入る。

「お母上、ひとまず落ち着いてくださいな」

興奮している母親をなだめておいてから、千世は、亀三のほうにすこしだけ膝《ひざ》を進めた。

「亀三。算術会というのは、わたしもはじめて聞きましたよ。どういうことなのか詳しく話してくださいな」

「あい」と亀三は大きく頷いた。

「午前の手習いの帰りに、おいら、ひどくお腹がすいちゃって。帰り道に通りかかる寺の境内《けいだい》を突っ切ったんです。いつもならそんな罰当たりなことしないんだけど、どうしても我慢できなくて」

亀三の一家が暮らす長屋は、牛込水道町のとなり改代町《かいだいまち》にある。町内に長寿《ちょうじゅ》院《いん》という寺があり、その南側にある一角だ。

この日朝寝坊をしてしまった亀三は、ろくに朝餉《あさげ》を取ることができなかった。ゆえに、午前の手習い中、いつもより激しい空腹をおぼえ、頭も朦朧《もうろう》としていた。待ちに待った昼餉の時間になり、しかも早くありつきたいあまりに、普段は通ることのない近道として、長寿院の境内を突っ切ることにしたのだ。そこで、寺の小僧と鉢合わせしたという。

「寺の小僧さんが、立て札を立てていたんです。来月の灌仏会《かんぶつえ》の案内でした」

「そうでした、来月はもう灌仏会でしたね。年が明けたばかりだと思っていましたが、あっという間です」

早いもので、来月はすでに卯月《うづき》だ。卯月の八日は、多くの寺院で、お釈迦《しやか》さまの誕生を祝う儀式が行われるのだが、それを灌仏会という。

境内にある花御堂《はなみどう》のなかに仏を祀《まつ》り、柄杓《ひしやく》で甘茶《あまちや》を掛け、お釈迦さまの誕生を祝う。ところによっては、参拝者にお菓子やお餅《もち》が配られたり、稚児《ちご》行列や踊りを奉納したりもする。

立て札を持っていた小僧と、配られる餅や菓子が楽しみだとか、他愛もない立ち話をしているときに、亀三をさらに引きつける話題があがったらしい。

「その灌仏会で、長寿院では稚児行列や踊りなどのほかに、算術会を開いて、算額奉納もするんだそうです」

「なるほど、算額奉納ですか」

寺の御堂にはたいてい大小様々な絵馬が掛けられている。願いごとや願い成就《じょうじゅ》のお礼の意味をこめて、参詣者が絵馬を奉納するのである。算額もまたその絵馬の一種で、算術を学んでいる者が、観音さまのおかげで難題を作ることができた、あるいは解くことができたというお礼を込めて、問いや解、解に導いた図形や数式を細かく書き記した絵馬を奉納するのだ。

ぼんやりと息子の話を聞いている母親をよそに、亀三は嬉々《きき》として言葉をつづけた。

「いまのご住職が算術に熱心なのだそうで、長寿院の御堂にはたくさんの算額が納められているし、数年前に一度、町内や近隣の算術愛好家を集めて、算術会を開いたらしいんです。とても盛況だったらしくて、で、今年もまた、算術会を開くことになったとか。参加できるのは、牛込界隈《かいわい》の住人で、かつ奉納料を払える者ってことなんだけど、おいら、どうしてもこれに出てみたいんです」

「……千世先生、算額奉納って？　あたしは何が何やら頭が追いつきませんよ」

息子の言っていることがほとんどわからないらしく、母親は不安そうだ。

千世は母親を安心させるために、穏《おだ》やかにほほえんでみせる。

「ええ、いま亀三が言ったとおり、算術会というのは、いかに難しい算術の問題を解くことができるか、ほかの参加者たちとの知恵比べみたいなものです。それを灌仏会のときに行い、解答を絵馬に書いて納め、お釈迦さまにも見届けてもらおうというものです」

「ですが、この子、いま奉納料がどうのって」

「算術会に参加するためには銭を払わなければいけないようですね。お布施《ふせ》みたいなものでしょう。さほどの額ではないと思うのですが」

「立て札には五百文と書いてありました」

「五百文ですって⁉」

奉納料の額を耳にした母親は、ひっくり返りそうなほどに驚いた。千世もしきりに目をしばたたいている。千世にしてみても、算術会の奉納料は思いのほか高額に思えた。

ふいに母親が、千世のほうへ勢いよく膝を進めてくる。

「先生、この子に言ってやってください。どうせあたしの言うことなんて聞く耳持たないんですから。算術会になんて出させません。ええ、出させませんとも、とんでもない。五百文といったら、うちのひと月の家賃よりも高いじゃありませんか。そんな銭、どこをどう突っついたって出て来やしませんからね。いいえ、たとえ出たとしても、ひとつも得にならない知恵比べなんかもってのほかですよ。そんなことをやる暇《ひま》があったら、下の子のお守《もり》なり、内職の手伝いでもしてほしいくらいです。この子ったら、長屋に帰ってきてもいつも算術とか何かの問答集とにらめっこで、ろくに家の手伝いをしないんですから」

「おっかちゃん、でも、これにはまだ話のつづきがあって……」

亀三が母親に何かを訴えかけたところで、廊下から、昼餉から帰ってきた筆子たちの話し声が届いてくる。それを聞くと、母親はおもむろに立ち上がった。

「千世先生、お話はよくわかりました、ありがとうございました。ですが、うちで奉納料を出すのは無理な話です。この子の下の妹はまだ乳飲《ちの》み子だし、間にもうふたり男の子がいて、あたしも亭主も日夜はたらいて、それでも暮らしは苦しいです。亀三の我儘《わがまま》だけを聞いてやるわけにはいかないんです。亀三が手習いをしたいっていうから、それだけでも無理をして通わせてやっているのに。まったくこの子は……とにかく、この話は、これでおしまいです。お邪魔いたしました」

「あの、亀三の話もすこし聞いてあげては？」

千世に対する返事はなかった。亀三の母親は、息子を置いて廊下を飛び出して行ってしまう。

残された亀三は、

「なんだよぉ、いつもと同じじゃないか！」

と、おもわず叫んでいた。

母親と入れ替わりで手習い部屋に入ってきた茂一《もいち》と弥太郎《やたろう》が、「どうしたんだい、亀ちゃん」と、呆然《ぼうぜん》と立ち尽くしている亀三の様子をうかがった。

「おっかちゃんと喧嘩したんだ」

「喧嘩《けんか》？　なぜ」

「おいらの話なんて、てんで聞いてくれないんだから。もういい、おいらもおっかちゃんの言うことなんか聞かない」

亀三は憤然としてこたえている。

ほかの筆子たちがつぎつぎと戻ってくる部屋のなかで、千世はかすかにため息をついた。

長寿院にて、牛込界隈に暮らす有志を募《つの》り算術会が催《もよお》されるのは、およそひと月後のことだ。あらためて委細《いさい》をたしかめてみると、灌仏会の余興《よきょう》扱いには惜《お》しいほどの催しとわかる。というのも、算術会で出される問答集は、町内に住む歴《れっき》とした算術家が作るという。参加者は算術をたしなんでいる老若男女だ。もっとも注目すべきところは、この算術会で優良な成果を残した者は、問題を作る算術家の私塾に推挙《すいきょ》されるというのだ。

奉納料――いわゆる参加料がやや割高になっているのは、こういうところにあるらしい。

亀三が、母親に言いそびれたのは、この「優良な成果を残した者は、問題を作る算術家の私塾に推挙される」という一点だ。

亀三の家は、つとめに出ている両親と、幼い弟妹が三人いる。けっして豊かな暮らしぶりではないので、せせらぎ庵でひととおり手習いを終えたのちは、亀三自身もどこぞに奉公にあがることになり、算術など二度とする機会はないかもしれない。

いまだ十歳ながら、亀三は算術ができなくなる将来が哀しいのだろう。できることならば、算術だけをやっていられる私塾に入りたいと願っている。

だから、いつも控えめでおとなしい亀三が、気持ちを鼓舞《こぶ》して、難しいことがわかっていても母親に訴えずにはいられなかったのだろう。千世は亀三の家の窮状を理解しつつも、亀三が哀れでならなかった。

母親に猛反対をされてから数日、手習いに通ってくる亀三の様子は、あきらかに元気がなかった。問答集を開いてもどこか上《うわ》の空で、文机《ふづくえ》の上に肘《ひじ》をついて、ぼんやりと天井《てんじょう》や庭を見ていることが多かった。そんな亀三の様子に、一緒に机を並べる平太もすぐに気づいて、ある日の夜、千世にわけを聞いた。

「算術会、ですか」

その日の夕餉《ゆうげ》の折、平太は、亀三が元気がない理由をやっと飲み込んだ。

「亀ちゃんは、三度の飯より算術に夢中ですもんね。あんなに熱中できるものがあるのは、羨《うらや》ましいとは思うのです。どこか奉公にあがりながらも、算術はつづけられないものですか？　算術家の私塾、でしたか。無理をしてそんなところに入らなくても？」

「ほどよく算術をつづけるのでしたら、いまみたいに自ら問答集を求め、おつとめの合間を縫ってできるでしょう。ですが、亀三が算術家になりたい、もしくは算術家と同等の知識を得たいというのならば、私塾に入らなければなりませんね」

膳の上に箸を置いた千世は、算術家の私塾のなりたちを語りだした。

世に出回っている算術の指南書——算術往来物《おうらいもの》の多くは、算盤の手引、命数法《めいすうほう》や単位、掛け算九九などの基礎的な知識のほか、面積、両替や利息計算などの日常に役立つ算術について書かれていることが多い。子どもたちを教える手習い所でも、こうした基礎を載せた指南書を使うのがほとんどだ。将来、奉公にあがったりつとめに出るためには、こうした知識で事足りるからだ。

指南書によっては基礎に加えて、平方根、立方根の求め方、はたまた十二の遺題と呼ばれる難題も記されていることもあるのだが、多くの人たちはここまで目を通すことはない。難題ばかりの問答集は、日常の必要性から逸脱してしまっているがゆえだ。

ただし、読み手のなかには、こうした難題に興味を示し、解いてみようと思う者もあらわれる。ところが、そうした難問の多くは、問いと解のみが記されたものがほとんどであり、解法についてはさしたる記述がない。解法を知りたければ算術家に教えを乞《こ》うしかなかった。

算術家の私塾という場所は、つまり、その日常の必要性から逸脱してしまっている問答を研究し、仲間内でさらに難題を作り上げ、解答に挑み、解法を究《きわ》めようとする者たちの集まりなのである。亀三のような算術にとり憑《つ》かれてしまった者が、算術の基礎だけでは事足りず、私塾の門を叩く。

算術にはいくつか流派があるが、江戸では関流《せきりゆう》という流派の勢力が強かった。元禄《げんろく》時代のすぐれた算術家である関孝和《たかかず》という人の学問を、そのまま受け継いでいるものだ。

流派の中心にあるのが家元で、家元は、自分のもとで学んでいる弟子の力量をはかり、何段階かの免許を与える仕組みになっている。免許が許されれば、家元が、流派に伝わる難題の解法を弟子に口伝《くでん》する。

算術の指南書に記されていない難題の解法を知りたければ、私塾に入るしかないのである。

話を聞き終え、平太は「なるほど」と頷いてみせた。

「茶道や華道、はたまた剣術とおなじく、算術にも免許があるのですね」

「そうなのです。流派によって細かくは違うのでしょうが、その流派が持っているいくつかの難題の解法は門外不出であり、私塾で師匠に教えを乞うしかない。

免許を許されるためには、免許料というものを払わなければいけないところもあるとか。それ以前に、私塾に入るためにはまっさきに入門料が要りますから」

「ずいぶんと銭がかかりますね」

「算術家だって暮らしを立てなければいけませんからね。算術を生業《なりわい》とするには、算術を人に教えて謝礼を受けるか、算術の趣味を持つ大名に仕えるしかありません。あの方たちの暮らしも、なかなか苦しいのだと思います」

日常から乖離《かいり》した学問というのは、そういうものかもしれない。

それでも、あえて私塾に入りたいというのならば、相応の支度《したく》が要る。知識だけではなく、謝礼が払えるか否《いな》かという側面からも、狭き門だろう。決して裕福とはいえない町人の子が私塾に入るためには、算術会に参加し、目に留めてもらい、推挙してもらう。これは一生に二度とない機会かもしれないのだ。

「そういうことならば、算術をずっとやっていたい亀ちゃんが、算術会に執着《しゅうちゃく》するのは当然ですよね」

とはいえ問題は山積だ。

まず亀三の両親が、息子を算術会に参加させることを望んでいない。たとえ両親の許しを得たとしても、参加するための奉納料をどう工面《くめん》するか。くわえて亀三が、算術会で優良な成績を収めることができるのか。

「わたしとしても、亀三の望むとおりにさせてあげたいとは思うのですが」

筆子ひとりひとりの望みを後押ししたい千世ではあるが、今回ばかりはすこし悩ましそうだ。すくなくとも平太にはそう見えた。

「千世先生も、反対なんですか？　亀ちゃんが算術会に出るのが」

「いいえ、まさか」

「え？」

「参加できるのならば、参加すべきですよ。私塾に入ることや、算術家になるかどうかは別として、きっと亀三にとっていい経験になるでしょう。では親御さんをどう説得するかですが、もちろんわたしも説得しますが、何より亀三本人が、きっちりと親御さんと話し合って、説き伏せてもらうのが一番かもしれません。つぎに奉納料ですね。これもまた、わたしが勝手に出したら角が立つでしょうから、すこし考えましょう。一番の問題は、算術会までに、亀三がもっと算術を究めること。わたしが指南するのでは限りがありますから、もっと算術に詳しい誰かに臨時指南をお願いできないか当たってみましょうか」

「はぁ……」

いったん呆気《あっけ》にとられた平太だったが、つぎの瞬間噴き出してしまい、千世に怪訝《けげん》な顔をされてしまった。

「どうしました、平太。何かおかしいですか」

「いえ、とんでもありません。さすがは鬼千世先生だと思って」

これだけ望みが薄いなかで、千世が、亀三を算術会に出す気でいることが、平太にはおかしくて嬉《うれ》しかった。

問題は山積しているが、どうにかなるのではないか。どうにかしてあげたい。もし、亀三が十歳ながらも、「己のやるべきこと」を見つけたのならば後押ししたい。そんな気持ちになっていた。


平太と千世の話し合いがあったのち。

近頃まるで元気がなかった亀三ではあるが、

「算術会に本気で出たいのでしたら、いま一度、ご両親に掛け合ってみるのはどうでしょう。わたしも一緒に話してみますから」

という話を千世から受けて、すこし気持ちを盛り返したらしかった。

「おいら、おっかちゃんともっと話し合ってみます」

そうこたえる亀三は、ここ数日ぼんやりしていたのとは違い、目に輝きが戻っていた。以後、千世も手習いが終わってから、亀三たちが暮らす長屋を訪ね、何度か説得にかかることになる。

千世が特に母親に説いたのは、子どもの言うことだから、軽い気持ちだろう、冗談だろう、絵空事《えそらごと》だろうと、決めつけないでほしいということだ。亀三も諦《あきら》めることなく、母親に対し、算術に対する熱意を懇々と語った。息子が本気だとわかり、猛反対していた母親もすこしずつ話を聞きはじめた。とはいえ、参加費である奉納料を、亀三の家では工面できないことは、はっきりしている。算術会に出るまでは、まだまだ問題が山積みだ。


そうこうしているうちに時は過ぎ、長寿院での算術会まで、ついにひと月を切った頃。

ある日、平太は千世とともに、同じ町内の岸井塾《きしいじゅく》という手習い所を訪ねることになった。

岸井塾は三代つづく町内でも古株の手習い所のひとつで、当主のほかにも外から手習い師匠を雇い入れ、厳しくも手厚い指南で結果を出し、たくさんの優れた子を世に出しつづけている。岸井塾の教えを信頼し、町の外からもわざわざ望んで入ってくる者もいるくらいだ。

平太と千世が岸井塾を訪れたのは、この日、町内の手習い師匠どうしの顔合わせが行われることになっていたからだ。

顔合わせは、町内ではじめて行われる。

発起人は、岸井塾の塾頭——岸井登《のぼる》だった。

きっかけは、昨年の末から年始にかけて、町内のいくつかの手習い所を巻き込んだ盗難騒動があったことによる。岸井塾も一度、盗みに入られたことがあった。盗人《ぬすっと》は、町内の潰れかけの手習い所の跡取りに扮《ふん》し、そこを隠れ蓑《みの》にして、ほかの手習い所に手下を出入りさせたり、内情を詳しく調べてまわり、盗みをはたらく機をうかがっていたのだ。

盗人は捕まりいまは平穏となったが、知らぬ間に盗人を出入りさせていたことを重く見た手習い師匠たちの有志が、せめて年に一、二度くらいは顔を合わせ、町内の出来事を報告し合い、子どもたちのことや、手習いの傾向などを話し合ってみるのもいいのではないかということになった。

同時に、普段はほとんど交流がない各手習い所の筆子どうしが、交流をはかるために、一人二人くらいの筆子を連れてきてもよいことになっている。

この日が一度目の会合で、ひとまずは平太が、せせらぎ庵の筆子代表として、千世とともに岸井塾を訪れることになった。

千世に連れられた平太は、目的地に辿《たど》り着くや、まずは広い間口に驚いてしまった。

岸井塾は表通りに面した大きな構えの町屋で、玄関は筆子たちの草履《ぞうり》でいっぱいだった。これだけでも、どれほどの子どもたちが通っているかがわかる。

千世が先に玄関に入っていき、「ごめんください」と断るとすぐに、廊下の奥からひとりの人物が、一礼しつつあらわれた。

「お待ちしておりましたよ、千世先生。どうぞ奥へ」

平太と千世を出迎えてくれたのは、三十歳前後とみえる男で、こざっぱりした容姿もさることながら背の高さがきわだって目についた。

この長身の男が岸井登――岸井塾の主《あるじ》である。

登は岸井塾の三代目で、三年前に父親に代わって塾頭になった人物だ。

――物腰はやわらかいが厳しそうな人だな。

千世の後ろに隠れながら相手を覗《のぞ》き見て、平太は思った。というのも、手習いを終えて玄関まで飛び出てきた筆子たちが、ついいましがたまで談笑していたのに、登の姿を見るや押し黙ってしまい、深々と頭を下げて退散していくからだ。

「ほかに集まる予定の師匠方や子どもたちも、すでに揃《そろ》っておいでですよ。さあ、参りましょう。そちらのきみも」

「はじめまして、せせらぎ庵の平太といいます」

「きみが平太か、千世先生のところで居候をしている話は聞いているよ。うん、とても賢そうな顔をしている。いま幾つになるのかな?」

「十二になりました」

十二にしては、平太は小柄ですこし幼く見える。声変わりもしていない。とはいえ、年が明けてから背が目に見えて伸びはじめ、痩せた体にも肉がつきはじめた。もうすこしすれば、年相応の身丈になるだろう。

登は、いまはやや小柄な平太を、しみじみと眺めた。

「なるほど十二か。では、そろそろ手習い所を出たあとのことも決める年ごろだろう。奉公先はすでに決まっているのかな。あるいは、このまま千世先生のもとで手伝いをしていくのか。ゆくゆくは手習い師匠になるとか?」

「いえ、おれは」

矢継ぎ早に問いかけられ、平太は慌ててかぶりを振った。

「まだまだ手習い所を出られそうもありません。事情があって、同年の子たちよりも手習いが遅れているんです。だいぶ追いついてはきましたが、もうすこし千世先生のご指南をあおぐことになります」

「ほう事情が。それは聞いていいものなのかな?」

「えぇと……それは」

困った平太は、千世に目配せをした。すると平太の代わりに千世がそのわけを話す。

「平太はとある事情で体調が芳《かんば》しくなく、四年ほど手習いを離れていたことがあったのです。いまは郷《さと》を離れ、わたしのところに居候してから快復し、一所懸命に手習いをしているところですから、あとすこしで同年の子たちに追いつくと思いますよ。平太がうちに来たのが昨年の夏の終わり頃でしたから、短いあいだにずいぶんと頑張《がんば》ったものだと感心しています」

千世の説明を聞き、登はふむふむと相槌《あいづち》を打った。

「なるほど、平太は頑張り屋さんなんだね。四年もの空白を一年もかけずに挽回しつつある。すばらしいことだよ。ぜひ今日の会合でも、ほかの筆子にその話をしていてやっておくれ。さぁ、では奥へ行こう。今日は特別に美味《おい》しい菓子を用意しているから、まずはお茶にしようか」

筆子たちには恐れられているのかもしれないが、岸井登は、千世や平太相手には、温和な態度は崩さなかった。案内がてら、他愛ない話をする口ぶりも、世間づきあいに長《た》けた調子でもある。

廊下を進んですぐ、とっつきにある部屋の襖《ふすま》が開いていた。そこで平太は、部屋の奥をちらりと見たのだが、数人の筆子たちが、ひとつの文机にかたまって、開いている書物を覗き込みながら、何やら真剣に話し合っている様子が見えた。

千世もその様子を見たらしく、先導する登に問いかける。

「登先生、さきほどの部屋では、まだ熱心に残っている子らがいましたね」

「えぇ自習ですね、算術の。ほかの子たちが帰ったあとも居残って、有志でああして問答しているのです」

「算術の……」と、おもわず平太が口に出してしまうと、それを耳にした登が、にこりと笑いながら、平太に向かってこたえてくれる。

「平太は、来月に、改代町の長寿院で算術の会があるのを知っているかな」

「は、はい、知っています」

「ほう、さすがは千世先生の筆子。耳が早い。その算術会にね、うちの筆子たちが出たいというので、さっきは自習だったが、ときどき算術家を招いて指南をしてもらったりもしているんだ」

「え、岸井塾の子も、算術の会に出るんですか？」

「もしかして平太も出るのかな？」

興味津々といった調子で顔を覗き込まれ、平太は慌ててかぶりを振った。

「いえいえ、おれなんてとても無理です。皆がやっている算術往来の初歩についていくので精一杯。算術の会で出されるお題なんて、とても歯が立ちません。ただ、せせらぎ庵にも、ひとりだけ算術会に出たがっている子がいるものですから」

「ほう、算術会に出たいという子がいるのかね」

「まだ決めたわけではないらしいのですが。でも、とびぬけた才のある子なんです。まだ十歳なんですけど、せせらぎ庵にある問答集はすべて解いてしまって、物足りないから、ほかの師匠からも問答集や指南書を借りたりしています」

「ふぅん、才のある子か。こいつは、うかうかしておられん」

「え？　うかうかって？」

登が何を言いたいのか、平太は問い返したかったが、やがて会合が行われる部屋の前についたので、話はそこでいったん打ち切られた。

部屋の奥には、三人の手習い師匠が、それぞれひとりずつ筆子を横に置いて、平太と千世の到着を待っていた。予定の人数が揃うと、茶を飲みながらの会合がはじまる。内容は、まずは岸井登が、正月に起こった盗人騒動の顚末《てんまつ》を説明し、つぎに会の名や互いの連絡の取り方を決めたり、今後の指南のあり方、いかに手習い所を守っていくか、などを語り合った。初回とあってさほど重い話にはならなかったが、このなかで手習い所を開いて年数が浅い千世は、「皆様と知己《ちき》になることができ、とても心強いですわ」と、安堵《あんど》した表情を浮かべていた。平太としても、ほかの手習い所の子どもたちが、普段はどんな様子で指南を受けているのか、興味深い話を聞くことができた。

時間はあっという間に過ぎ、夕刻にさしかかり、会合はお開きとなる。

平太は千世のあとにつき、玄関へと引き返すため、さきほどの手習い部屋の前を通りかかった。そこでまた部屋のなかをうかがうと、そこにいた子どもたちも、やっと帰り支度をはじめるところだった。

「こんな時刻まで熱心だなぁ」

平太はおもわず感心してしまった。

そんな平太のひとり言に、客を送るために自らも玄関に向かう岸井登が反応する。

「算術会までひと月を切ったからね。知り合いから聞いたところによると、算術の会に出されるお題は、おとなでも音《ね》を上げるほど難しいそうだから。とはいえ成績優秀の者には、算術塾への推挙があるそうだから、いやでも熱が入るというものさ」

「その推挙の話ですけど、岸井塾の筆子のなかにも、推挙を望んでいる子がいるのですか？」

「うちの筆子のなかにも、ということは、せせらぎ庵にも推挙されたい子がいるってことなんだね？」

登に指摘され、平太はおもわず両手で口をおさえた。

かたわらにいる千世は何も言わず、ただ黙ってふたりの会話を聞いている。

あからさまに「しまった」という態度を取った平太を見て、登は低い笑い声を漏らした。

「そんなふうに身構えなくてもいいよ。探りを入れたいわけじゃないし、ましてや足を引っ張ろうって気もない。安心しておくれ。ただ、そこまでの覚悟をもって算術会に臨む子がせせらぎ庵にいるってことが、すごいと思ってね。うちからも何人か算術会に参加するが、私塾への推挙を本気で目指しているのはひとりだけだから」

「私塾に入ることや、算術家になることは、そう容易なことではありませんものね」

平太と登の会話に、千世もくわわる。

登は、「その通りです」とうなずき返す。

「ほかのどんなものよりも算術に夢中で、没頭できる、そんな子ではないとなかなか」

「うちの場合は、本人に熱意はあるのですが、親御さんの理解や奉納料のことで、算術会に参加できるかまだわかりませんの」

「うちにも不安はありますよ。たとえ親御さんの理解があったとしても、実力が乏しいと感じるから、あぁして自習をしているのです。ですが、これを乗り越えて推挙が得られることがあれば、本人の名誉にもなるし、岸井塾の評判も上がるでしょうね」

平太には、登が「岸井塾の評判」という言葉をことさら強調したかに聞こえたが、そのことはあえて知らんふりをした。

千世もまた何も気にしたふうはなく、会話をつづけている。

「その推挙を望んでいる子というのは、登先生が見込まれるだけあって、よほど頭もよくて熱意もある子なんでしょうね」

「ええ、その子というのが」と、登は千世にも目配せしながら言った。

「かつて柏陽堂《はくようどう》にいて、先月うちに入ったばかりの子なんです」

「柏陽堂？　あの盗人騒動のときの？」

昨年末から年明けにかけて、町内を震え上がらせた盗人騒動。その盗人の親玉は、柏陽堂という手習い所の跡取りにおさまって世の目をあざむき、盗みを繰り返していたのだ。盗人がお縄になったあとは、当然ながら、主のいなくなった柏陽堂は閉じられた。問題は先代のときから柏陽堂に通っていて、残された筆子たちの身の振り方だ。ある者はそのまま奉公にあがり、残りは、ほかの手習い所にうつっていったと聞いている。

「柏陽堂に通っていた筆子のひとりが、登先生のところにうつってきていたのですね」

「はい。で、その子を迎え入れたら、これまた驚きましたが、算術がすこぶる得意で。優秀なのは算術に限らず読み書き算盤もなのですが、ことに算術となると昼夜を分かたず問答集を解いていたいという子です。なかなか見込みがあるので、算術会にも出ることを勧めました。そうそう、たしかちょうど平太と同じ十二歳ですよ。あ、出てきましたね、あの子です。おい清六《せいろく》」

部屋から、自習していた筆子が出てくると、そのなかのひとりを、登が呼び止めた。

「清六、すこしだけ話をいいかな」

「はい先生」

廊下に残った筆子のひとり——清六は、平太たちの前に立つ。平太と同年だというが、身丈は頭ふたつぶん高く、白い肌の顔は端整だ。それでいて大きな両目には利発そうな光をたたえている。

「ご用向きは何でしょうか」

清六は声変わりした低い声で、はきはきと問いかけてきた。

清六が廊下に残ると、一緒に部屋から出てきたほかの子たちが、廊下を振り返り、清六を見つめながら、あからさまに名残惜《お》しそうなそぶりをしている。特に女の子などは、どうしても清六と一緒にいたいのか、廊下の途中で一度とどまり、登から「帰りなさい」と言われ、しぶしぶ歩み去った。

帰り際に、その女の子が一瞬だけ平太を睨《にら》んできたので、内心で平太はひやりとしてしまう。

——清六さんって、人気者なんだな。

清六を引き留めたのは自分ではないのだけど、と思いつつ、登たちを前にさすがに口には出さない。

とにもかくにも清六という男の子が、この岸井塾においてどんな存在かがわかってきた。

塾頭に認められる秀才であり、筆子仲間たちからも一目も二目も置かれている。ことに女の子たちは熱狂していると言っていい。

そんな清六に、登が千世と平太を紹介した。

「清六、こちらはせせらぎ庵の千世先生と、筆子の平太だ」

「せせらぎ庵の？」

紹介された清六は、「せせらぎ庵」と聞いて、驚きに目を見開いた。

「あの盗人騒動を解決してくださった千世先生ですか。まさか、こんなところでお会いできるなんて。わたしはつい先まで柏陽堂に通っていた者です」
「ええ聞いていますよ。あの騒動のあと、大変だったことでしょう」
「はい。でも、代替わりした白水《はくすい》という人は、ろくな指南をしてくれなかったので、もともと別の手習い所を探していたところだったんです。その矢先にあんな騒動があって、せせらぎ庵の千世先生がみごと解決してくださったと聞きました。ありがとうございました。柏陽堂はなくなってしまいましたが、せっかく岸井塾とご縁があったので、あらたな場所でより学問を深めることが、亡き先代師匠への弔《とむら》いかと考えております」

清六はいかにも利発そうな物言いをしてから、千世に対して深々と頭を下げた。

それからも清六は、千世にあれこれと話しかけている。捕り物はどんな様子だったのか、いったい盗人の正体は誰だったのか。矢継ぎ早に問いかけられ、さすがの千世も戸惑《とまど》っている。

「捕り物といっても、わたしは知り合いのお奉行さまや同心、岡っ引きの親分さんに、ことを知らせただけで、捕り物のことはすべてお任せしていただけですよ」

「ご謙遜《けんそん》です。最後は捕り方が始末をつけたにしても、その方たちにつなげたのは、千世先生のご人脈でしょう。いまのわたしがあるのは、千世先生のおかげといって過言ではありません」

「まぁまぁお上手ですね、清六さんは」

話に没頭するふたりの様子を遠巻きに眺めながら、平太は感心してしまった。自分であれば初対面のおとなに対し、清六ほど積極的に声をかけられないだろうし、話を広げられもしないだろう。

すっかり圧倒されてしまった平太に、横からそっと話しかけたのは登だ。

「長くなってすまないね、でも面白いだろう、清六って子は」

「……はい、きっと、たくさんのことに興味があって、わからないことがあれば遠慮なく聞いて、どんなことでも取り込もうとするのでしょうね」

「だから学も伸びる」

「すごいです」

「平太はどうだい、きみだって一度手習いから離れたけど、諦めずにふたたび取り組んでいるんじゃないか。感心できることだと思うがね」

「いえ、とんでもない、おれには清六さんみたいなことはできません。皆に追いつくので精一杯です」

「そんなことはないはずだ。ただ、千世先生は、それをやらせようとはしていないように見える。もちろん優しさからだ。きみを焦らせまいとする、ね」

「はい？」

おもわず問い返す平太に対し、登は笑顔で応じる。ただし目だけは笑っていないかに見えて、平太は息を呑んだ。

「どういうことでしょうか」

「鬼千世先生と呼ばれているあの方だけど、わたしからすれば、すこし優しすぎるというか、慎重に構えすぎなのではないかと思うんだ。さきほど算術会に出たがっている子がいると言っていたね。家の事情はともかく、めったにない機会なのだから、強引にでも親を説き伏せて参加させるべきだとわたしは考えるし、平太、きみのこともある。きみは一度体調を崩したというが、見るに、いまはとても元気そうだ。寝る間も惜しんで学べば、あと一年といわず、今年のうちに、どこへでも奉公に出られる力を身につけられるだろうし、さらに上の学問の道へ進むことだってできるだろう。おだてているのではなくて、ほんとうのことだよ。たった一年で四年分の空白を埋めつつあるきみならばできる。わたしだって、祖父の代から子どもたちを指南してきた家柄の者。子どもを見る目はあるつもりなのだがね」

「そうでしょうか……」

「あぁそうだとも。もし、そうしたいのなら、わたしのところへ来てみてはどうかな。家の事情を慮《おもんぱか》り、子どもの意思に重きを置くことも大切だけれど、せっかくある才をほうっておくなんて勿体《もったい》ない。岸井塾で手習いを受ければ、いまよりもきっと実りがあるだろう」

「………」

──おれの頭が良くなれば、岸井塾の評判が上がるとでも言いたいのかな。すこし意地悪なことを考えてしまい、平太はすぐにかぶりを振った。

そんな平太を前に、登はこうしめくくる。

「見ててごらん、算術会においても、うちの清六がきっといい成果を残すから」

平太が何も返せないでいると、そのころ、やっと千世と清六の話が終わったので、平太は登と清六に一礼すると、無言のまま岸井塾をあとにした。

「せせらぎ庵よりも、岸井塾で手習いを受けた子のほうが優秀だ」

暗にそう言われたようで、翌日になってもまだ、平太は岸井登に言われたことを、頭の隅から追い払えないでいた。

一日中浮かない顔で手習いを受けていた平太なので、となりで文机に向かっていた留助に気づかれた。

手習いが終わったあと袖《そで》を引っ張られ、

「平ちゃん、どうした、何かあったのか？」

と、聞かれてしまった。

そこで平太は、千世が手習い部屋から出て行ったのをみはからい、かつ、亀三に会話を聞かれないよう部屋の隅まで行って、岸井塾での出来事をかいつまんで留助に話した。

「そんなこと言われたのかよ⁉」

案の定、留助は怒り出した。

「せせらぎ庵での手習いなんてあまいから、岸井塾に来いって？」

「しぃ、声が大きいって留ちゃん」

「しかも算術会では、岸井塾の筆子が勝つって？　やる前から決まったようなことを言いやがって。うちの亀三だって算術については負けちゃいねぇよ」

「だから声が大きいよぅ」

興奮した留助が声を荒らげてしまったので、ふたりの会話は、居残っていた幾人かの筆子にも聞こえてしまった。いまだ帰り支度をすませていなかった格之《かくの》進《しん》、茂一に弥太郎、おゆうが、ふたりのもとに群がってきて話をせがんだ。

「岸井塾の先生の言い方、何だか、せせらぎ庵に通っている子は、みんな落ちこぼれみたいな言い方だな」

「千世先生まで駄目だって言っているみたい。気分が悪いわ」

「しかも無理をしてでも算術会に出ろだなんて、そっちこそ無理言うなって話だよ。算術会に出たくたって家の事情があるんだから仕方ないじゃねぇか。亀ちゃん、今日だっておっかさんの内職の手伝いがあるって言ってたよ。手伝いを頑張れば奉納料の足しになるかもしれないから、内職を増やしたとも言ってた」

「その清六ってやつ、どうせ金持ちの家の子なんだろ？　いいところの子みたいに、いつも手習いができるとは限らないんだよ」

当然だが、格之進たちも腹立たしさがおさまらないといった様子だ。

自分がつい悪口を広めてしまったようで、平太は居心地が悪くなってしまった。

「岸井塾の先生も、せせらぎ庵のことを悪く言いたいわけじゃなかったと思うんだ。ただ、岸井塾は大きな手習い所だし、じっさい頭のいい子も多いみたいだし。だからこそ手習い所の評判を一番気にしているのかな、って。そう感じただけなんだ」

「それって筆子のことなんて、ろくに考えていないってことじゃない？　どうせ評判を落とす筆子とみれば、すぐに追い出すのよ」

昔、ほんのいっときだけ岸井塾に通っていたことがあり、とうとう馴染めなかったおゆうは、平太の言葉にすぐさま言い返してくる。茂一や弥太郎も「そうだそうだ」と同調するありさまだ。

平太は大きなため息をつく。

留助が、そんな平太の肩を叩いた。

「どうしたんだよ、平ちゃんだって、岸井塾の先生に腹を立てていたんだろう？」

「……そりゃそうだけど、おれたちが、ことさら岸井塾を敵視して、あちらの筆子と喧嘩にでもなれば、せせらぎ庵と岸井塾の仲が険悪になるだろうし、千世先生だって困るじゃないか」

平太の言うことにも一理ある。いったんは押し黙った筆子たちだが、それでも腹の虫がおさまらないらしい。「このままじゃ面白くない」と、全員の顔に書いてある。

「なんとかこう、喧嘩とかじゃなくて、岸井塾の連中を見返してやる方法はねぇものかな」

「それだよ、留ちゃん、何かないかい？　格之進さんは？」

「岸井塾に一矢報《いっしむく》いる方法、ないことはないぞ」

茂一の問いかけに、落ち着いた調子で格之進がこたえると、その場にいた皆が格之進の顔を見つめた。

「え、ほんとうに？　格之進さん」

「あぁ。くだんの算術会で、亀三に、その清六とやらに勝ってもらうのだ」

「それだ！」と留助がおもわず飛び上がった。

「亀ちゃんが、岸井塾の筆子を算術会で負かしたら、おいらたちも胸がすっとするらぁ」

留助の言葉に、茂一と弥太郎もうなずき、おゆうもぱっと笑みを浮かべている。

平太だけが、おそるおそる格之進に尋ねた。

「そんなことできるかな？　だって亀ちゃんは、家が苦しくて、算術会に出られるかわからないんだよ。いまだにおっかさんに反対されているっていうし。それでも、もし出られたとして、清六さんに勝てるかどうかわからない」

格之進は、すこしすました顔でこたえた。

「それは、わたしたちが手を打ってどうにかしようじゃないか」

「どうにかって？」

「亀三が算術会に出られないのはどうしてだ？　算術会に出るための奉納料が出せないからだ。内職を増やしたそうだけど、いまから間に合うのか、奉納料に足りるかどうか。そもそも母御の許しがまだもらえていない。たとえ奉納料を工面でき、許しをもらえたとしても、手伝いが忙しすぎて、算術に力を入れる時間がまるでない。このままだと、たとえ算術会に出られたとしても、清六には勝てないかもしれない」

ならば、どうするか。

「わたしたちで亀三の内職をどうにか肩代わりできないだろうか。皆で力を合わせれば、奉納料に足りるかもしれないし、そうすれば亀三が算術に打ち込める時間を取ることができる」

「その手があった」と、留助をはじめ、茂一や弥太郎、おゆうまでもが手を打った。

「なるほど、さすが格之進さんだ。おれもできるだけ内職を手伝うし、平太はどうだ？　どうにかやれないか。茂一は、弥太郎は？」

茂一と弥太郎はすこし、おっかなびっくりながらこたえた。

「お、おいらにできるかな。もちろん、おいらにできることなら手伝うよ」

「亀ちゃんのためだもんね、おいらもやるよ」

「あたしもうちの内職があるから、そんなにたくさんは無理かもしれないけど。手が空《あ》いているときには手伝うわ。それにあたし、実入りのいい内職に詳しいよ」

「平ちゃんは？」

留助をはじめ、皆の視線が、平太の顔にそそがれた。

すこし思案した平太も、岸井塾がどうのというよりも、算術会に出たいと望んでいる亀三の手助けになればと思い直し、ゆっくりと頷いてみせた。

「うん、わかった。皆がやるなら、おれもやる。なによりも亀ちゃんが算術会に出たがっているんだものね。奉納料さえ集まれば、亀ちゃんのおっかさんも、反対はしないはずだよね」

「よし、話はまとまったな。やってみようぜ。亀三のために。せせらぎ庵の名誉のためにも！」

平太や留助、おゆう、茂一に弥太郎の間で話がまとまったあと、「一矢報いる方法がある」と言い出した格之進だけが、申し訳なさそうに肩を落としている。

平太は、格之進のほうに進み出た。

「格之進さん」

「……すまない、言い出したのはわたしなのに、体を動かす手伝いができそうにもなくて」

「もちろん、わかってます。だから格之進さんは、亀ちゃんの算術に付き合ってやってくれませんか。格之進さんだったら、おれたちより頭がいいし、亀ちゃんだってひとりで問答集とにらめっこよりは、誰かと一緒のほうが捗《はかど》ると思います」

「そうだそうだ、格之進さんにしかできないことだぜ」

「ありがとう、みんな」と、格之進はうなずいた。

「それならば、わたしにもできそうだ」

病弱のためあまり体を動かすことができない格之進だ。だが、平太やほかの筆子に頼られ、また、己もまた他人の役に立つことができるのだと、格之進は嬉しそうにこたえる。

亀三の算術会出場のために、せせらぎ庵の筆子たちの意志がひとつにまとまった。

特に、留助はやる気満々だ。

「これから、さっそく亀三の家へ行って、皆が内職を手伝うって話をしてくるよ。おっかさんにも、算術会に出してもらえるよう頼んでみるさ。出ることが決まったら、ついでに敵情視察もしてやるぜ。岸井塾の清六って野郎、いかほどのものか、この目で確かめる」

にわかに活気づいたせせらぎ庵だった。

平太は、数日前に見た、中村仲蔵の引退興行のことを思い出していた。

中村仲蔵が逆境をはねのけ自らの夢を叶えたように、亀三にもまた、己の信じる道を進んでほしかった。

わずかな力にしかなれないかもしれないが、その手伝いをしたいと思った。

そしていつか、自分も、中村仲蔵や亀三につづくことができればと願わずにはいられなかった。

皆で話をまとめたあと、留助が代表して亀三の長屋を訪ね、ことの経緯を亀三はじめ親兄弟にも告げた。

はじめは、

「よそさまの子に、うちの手伝いなんてさせられませんよ」

と母親はしぶっていたのだが、筆子仲間の優しさを受けて泣きじゃくった亀三を見て、さすがの母親も心を動かされたらしい。

「亀、そんなに算術会に出たかったのかい。いや……普段から、あたしなんかよりよほどお前のことを見ている子たちが、こんなにまで言ってくれるんだから、本気で算術とやらにのめりこんでいるんだね」

「おっかさん、お願いだよ。算術会に出させておくれよ。そうしたら、妹の世話も家の手伝いももっときちんとするし、手習いも頑張るし、とことん精進して、いつか立派なおとなになって、おとっつぁんとおっかさんを助けるから」

「あらまぁ、あたしらを助けるだって？　生意気なことを言うじゃないか」

わかったわかった、と母親は息子の頭を撫でた。

その後、留助が帰ったあと、亀三の家では父親と母親と、膝を突き合わせて夜中まで話し合ったという。

翌日。いつぞやとおなじ、ほかの筆子たちが昼餉でいったん帰宅しているところへ、亀三と母親が連れだってせせらぎ庵へやってきた。

亀三たちを出迎えた千世は、落ち着いた様子で母親の言葉に耳を傾けている。

「そうですか、亀三が算術会に出ることをお許しくださるのですね、ありがとうございます」

「この子がどうしてもって泣きじゃくるものでね。普段はおとなしいので、あたしも驚いてしまって。思えば、亀三は一番上の子だから、いろいろと我慢させてしまっていたかもしれませんね。そのぶん、よほど出たかったんだろうと思い直しました。昨日来てくれた、留ちゃんて子が、亀三の代わりにみんなで内職を手伝ってくれるなんて言ってましたけど、他所《よそ》の子にそんなことさせちまったら、あたしら夫婦が世間に顔向けできませんよ。ええ、奉納料は……苦しいですけど、うちでどうにかします。もっと内職を増やしたり、大家さんにわけを話して家賃をちょいと待ってもらったりでね」

「そうですか。留助たちが、亀三の内職を手伝うと」

話を聞いていた千世が、午後の手習いの支度をしていた平太に、ちらと視線を向けてきた。千世のまなざしが「勝手なことを」と言っているようで、平太は肩をすくめてみせる。

だが、千世はすぐに微笑を浮かべると、亀三と母親に向かい合った。

「手習いや家のことに差し障《さわ》りがなければ、本人たちが言うとおり、すこしだけでも手伝いをさせるのもいいのでは。たとえ子守でも家事でも。子どもがやる手伝いですから、奉納料にはとうてい足りないでしょうが、あの子たちはね、きっと亀三に算術に没頭できる時間を作ってあげたいのだと思います」

「優しい子たちですね。千世先生のご指南がきっといいんでしょう」

すこしだけ涙ぐんで、亀三の母親は頭を垂《た》れた。昨晩泣きじゃくったという亀三もまた、母親のとなりで目元をごしごしとこすっている。

懐から出した手拭《てぬぐい》で息子の顔を拭いてやると、母親は改めて頭を下げた。

「ではお言葉に甘えて、どうしても手伝いがほしいときは、お願いするかもしれません」

「まかせてください」と、支度を中断した平太が応じると、亀三の母親は笑顔で返してくれた。

――亀ちゃん、よかったね。ほんとうに。

平太は、心からそう思った。

お昼から帰ってきて亀三のことを聞いたら、みんな喜ぶに違いないと、浮き立つ心をどうにか抑えながら、平太は手習いの準備をふたたびはじめるのだった。


こうして、ひと月後の算術会に出ることが決まった亀三は、この日から、よりいっそう算術の問答集に熱心に取り組みはじめた。問答集が足りなくなり、千世が慌てて知人から取り寄せたほどだ。亀三は、そんな膨大《ぼうだい》な量の問答集を、せせらぎ庵ではもちろん、手習いが終わってからも格之進と一緒になって居残りをして解き、家に帰っても寝る直前まで向き合っているという。

その間、本来ならば亀三がやるべき家の手伝いを、ほかの筆子が交代で担《にな》うことになった。

亀三の家では、奉納料を工面すべく母親が内職を増やしたので、家事にあまり手が回らなくなった。それを子どもたちで補うのだ。たとえば幼子のお守や、水くみ掃除洗濯、夕餉の下ごしらえ、お使いなど、やることは様々だ。そういった雑用を、子どもたちが交代で亀三の家まで出向き、自分たちの帰宅時間までこなすのである。各家の都合もあるので、皆が均等に時間を割けるわけではなかったが、それでも、皆ができる限り合間を縫って、亀三のため、せせらぎ庵のため、自分たちの名誉のために、不平不満も言わずに手伝いをつづけている。

ある日のこと。

たまたま都合が合って、亀三の家に、おさととおゆうの女の子二人組が出向いたときだ。この日はたまたま用事が少なく、子守と夕餉の下ごしらえもすぐに片付いてしまい、ふたりは雑談をしながら帰路についていた。

「今日は、早く終わってよかったね。ところで亀ちゃんは、まだせせらぎ庵で居残りをしているのかな」

おさとが話しかけると、「たぶんね」とおゆうは応じる。

「どうしてそこまで算術にのめり込めるのか、あたしにはさっぱりわからないけど、こんなに一所懸命なんだからきっと楽しいんでしょうね」

「ねぇ、おゆうちゃんは岸井塾にいたことがあるんでしょう。みんな、亀ちゃんくらい算術ができるの？　そんなに頭がいいの？」

「どうかなぁ、あたしが通っていたくらいだから、みんなってことはないだろうけど」

おゆうが岸井塾に通っていたのは、せせらぎ庵に入る前、九歳のときに半年だけ。一年と半年前くらいのことだ。

「でも、出来のいい子は塾頭がよく目をかけていたかな。目をかけてもらえるから、もともと出来る子が、ますます伸びていくんだよね。あたしなんかは頭が良くないし、家の手伝いもあってあまり通えなかったから、置いてけぼりだったよ。結局手習いについていけなくてやめちゃった」

「そうなの……」

話を聞いて、しょんぼりと肩を落としてしまったおさとに、おゆうは笑いかける。

「そんなふうに落ち込まないでよ。べつに岸井塾が悪いってわけじゃなくて、あたしが合わなかっただけ。あそこのやり方が向いている子だっているんだから、それでいいんじゃない。千世先生の言い分じゃないけど、自分に向いている手習い所を探せばいいんだから。あたしは岸井塾をやめて、せせらぎ庵に来られてよかったと思ってる」

「そうだね、わたしもおなじ」

きっと亀三も同様なのではないか、とおさとは思う。

算術だけはできるが、ほかのことには消極すぎる亀三がのびのび手習いに通えているのは、千世の指南のもとだからだろう。岸井塾の塾頭は、算術会に、「強引にでも親を説き伏せて参加させるべき」と言っていたらしいが、あまりに強引なやり方では、繊細《せんさい》な亀三は、そもそも算術をやめてしまっていたかもしれない。

「亀ちゃんには、せせらぎ庵でだからこそ頑張ってこられたってところを、岸井塾の人に見せつけてほしいな。ねぇ……おゆうちゃん、岸井塾と言えば、噂の清六さんってどんな人だと思う？」

「清六？　どうせあたしらとは縁がない人だろうから、あまり興味ないけど。でも、平太の話だと、かなりの取り巻きがいるみたい。ことに女の子は熱心に張りついてるって。清六が帰るところを引き留めたら、女の子に睨まれたって、平太は言ってたわよ」

「へぇ、ますます気になるわね」

「ちょっと見てみたい？」

「おゆうちゃんも？」

「……」

いったん会話が途切れたところで、おさととおゆうは立ち止まった。もうすぐそれぞれの家へ帰るための分かれ道に辿り着く。このまま直進し、神田川の上にかかる石切り橋を渡ればおさとの家のほうへ、ひとつ先の辻を右に折れればおゆうの家へ。そして、その辻を左に行けば岸井塾だ。

おさとは、ひとつ先の辻を見つめながら言った。

「ねぇおゆうちゃん、ちょっと岸井塾を覗いてみない？」

「清六って人、まだ塾にいるかな？」

「どれだけのものか」

「気になるよね」

互いに含み笑いをしてから、ふたりは歩き出し、ひとつ先の辻を左に折れて岸井塾を目指した。おゆうは、かつて岸井塾に通っていたことがあるので、道順もわかっている。目当てへはすぐに辿り着き、おゆうの案内で岸井塾の玄関にしのびこんだ。

岸井塾は間口が広く、数多くの筆子の草履が並んでおり、また、ちょうど八つ時過ぎで手習いを終えた筆子たちで混雑しているので、女の子ふたりが紛《まぎ》れ込んでもさして目立ちはしなかった。

おさととおゆうは玄関先に立ち、手習いを終えて出てくる筆子たちを見つめていた。

「清六さん、もう帰っちゃったかな」

「そもそも、居たところでわかるかしら」

帰路につく筆子たちを幾人か見送ったあと、おさととおゆうは、すぐにあることに気づいた。奥の手習い部屋から、数人の女の子たちに囲まれて、頭ひとつ抜きんでている背の高い男の子が歩いてくるのが見えたのだ。

「あれが清六だ」と、おさととおゆうも、すぐに察しがついた。

周りの女の子たちがしきりに話しかけて、自分が一番男の子に近づこうと互いに押し合いへし合いをしているし、黄色い声も飛び交っている。何よりも、次第に玄関に近づいてくる男の子は長身で、いかにも利発そうな目の輝きをはなち、細面《ほそおもて》の端整な顔立ちをしていたからだ。

いまだ色恋に未熟なおさととおゆうも、おもわず目を見張ったほどだ。

清六は愛想笑いを浮かべつつ、手を振って取り巻きたちをかわすと、すぐさま草履をひっかけて玄関を駆けだして行ってしまう。

その後ろ姿を、ふたりがしばし呆然と見送っていると、残された取り巻きのひとりが、玄関先の見知らぬ人影に気づいて声をあげた。

「ちょっと、あなたたち誰？　うちの筆子じゃないわよね」

指をつきつけられ、誰何《すいか》され、おさとたちは我《われ》に返った。おもわず後ずさりをすると、先に声をあげた者と、ほかの女の子たちも詰め寄ってくる。

「ほかの手習い所の人たちね？　清六さんを覗き見しに来たの？」

「ねぇねぇ、あたし、あっちの子を知ってる。すこしの間だけど岸井塾に通っていたおゆうって子よ。いまはせせらぎ庵にいるはずじゃなかった？」

「せせらぎ庵って、面倒を起こす子ばかりが通っている手習い所？」

「おゆうにはぴったりじゃないの」

取り巻きの女の子たちの嘲笑《ちようしよう》を前に、おゆうは足をすくませてしまった。

するとす両者の間に立ちはだかったのは、おさとだった。

「せせらぎ庵に通っているのはそんな子なんかじゃない。みんなそれぞれいい子たちばかりだわ。もちろん、おゆうちゃんだって」

「なぁに、生意気ね」

取り巻きのひとり、もっとも年嵩《としかさ》の、十二、三歳くらいの女の子が、一歩進み出てきて、おさとを突き飛ばした。

「あんたたち何をしに来たの。清六さんを待っていたみたいだけど、身の程知らずにも、清六さんに見知ってもらおうっていうのかしら。あいにくと、あんたたちなんて相手にされないわよ。それにね、清六さんは来月の算術会に向けてとっても忙しいの。今日は、町内の算術家のところへ指南を受けに行くのよ。邪魔しないでよね。わかったら、さっさと厄介者ばかりの手習い所に帰ったらどうなの」

相手は、きれいだが、ひどく目つきの鋭い女の子だった。

間近で睨《にら》まれて怯《ひる》んだものの、おさとはかろうじてその目を見返してから、かたわらのおゆうの手を取った。

「帰ろう、おゆうちゃん。みんなのところに戻って、こんな失礼な連中と、清六なんかに負けないでって励ましてやろう」

「おさとちゃん……」

うん、そうしよう。と、おゆうもまた踵を返したところ、あることに気づいた相手が、おさとを引き留めた。

「ちょっと待って、清六さんに負けないってどういうこと？　せせらぎ庵にも算術会に出る子がいるの？」

　去り際に、おさとは振り返りながらうなずいた。

「そうよ。算術会で活躍するのが、そちらの清六さんだけとは限らないんだから」

　それだけ言い残すと、おさとはおゆうの手を引いて駆け出した。

　背後からは、「清六さんに挑むつもり？」「身の程知らず」「清六さんが負けるはずない」などと、女の子たちの甲高《かんだか》い声が聞こえてくる。

　おさととおゆうは、目に見えない刃《やいば》から逃げるように走りつづけた。


　算術会が半月後に迫った、ある日の夕暮れ前のこと。町中でふいに声をかけられ、平太は身構えた。

「誰だ⁉」

「おれだよ、根岸《ねぎし》だ。平太、こんなところでいったい何をしているんだ？」

　平太が足元に向けていた視線を上げると、目の前に羽織袴《はおりはかま》姿の男が立っている。よく見知った顔だ。五十絡みの武士で、渋みのある顔つきはなかなかの貫禄《かんろく》だった。

顔見知りの姿を前に、平太はほうっと胸をなでおろしてから言った。

「根岸さまでしたか、失礼しました」

「ずいぶんと気が張っているようだな」

「何から話したらいいか、すこし事情がありまして。ところで根岸さまは、これから千世先生のところへ行かれるのですか？」

「そのつもりだったが……」

武士の名は、根岸鎮衛《やすもり》。せせらぎ庵の鬼千世先生とは昔馴染の間柄である。そういうこともあって平太は気軽に話しかけるが、じつは泣く子も黙る幕府の高官――勘定奉行さまなのだ。もっとも、いったん役目を離れると供をひとりも連れず歩き回るし、羽織袴もこざっぱりしたものなので、あまり偉そうには見えない。

そんな鎮衛が、戸惑いながら尋ねてきた。

「お前、屑拾《くずひろ》いをしていたのか？」

平太は、片手に長箸《ながばし》を持ち、背中に籠《かご》を背負っている。籠のなかには書き損じの紙や使用済みの懐紙などがほうりこまれていた。いまもちょうど、平太は地面を睨んで落ちている屑を長箸で拾っているところだったのだ。こうして拾った屑は屑買いに持って行けば、いくばくかの銭に換えてもらえる。

　屑拾いをしている平太をまじまじと眺めたあと、鎮衛はおもわず目元をおさえた。

「……なんてことだ。まさか、せせらぎ庵がそこまで立ち行かなくなっていたとは」

「立ち行かなく？」

「暮らしが苦しいのだろう？　だから屑拾いをして糊口《ここう》をしのごうと。いや、皆まで言うな。せせらぎ庵の月謝は他所と比べて安いから、いつかはこんなことになるんじゃねぇかって思っていたんだ。だから日ごろからもう少し礼金を取れと言っていたのに。千世のやつ、手習いで儲《もう》けるつもりはないの一点張りで。そんなに無理しているのなら、おれにひと言相談してくれたらよさそうなものなのに、水臭ぇな」

「ちょっと待ってください」と慌てて言いながら、平太は背中の籠をおろした。

「屑拾いをしているのは、千世先生の暮らしが苦しいせいではありませんよ」

「ではいったいどうして？」

「だから、これにはわけがありまして」

鎮衛と鉢合わせした平太は、「今日はここまでかな」と籠の中身を確かめてから、ふたたび籠を背負い直した。ついで近所の裏長屋に入り、「屑、買い取り」と障子に書かれた部屋を訪ね、拾った屑をいくばくかの銭に換える。一部始終を、鎮衛は平太の後についていきながら黙って眺めていた。

屑を売って得た、ほんのささやかな額の銭をふところに入れたあと、せせらぎ庵に戻るという平太とともに、鎮衛はゆっくり歩きはじめる。

「さて、そろそろ話してもらおうか、わけってやつを」

「はぁ、じつは……」

歩きながら、平太は、長寿院で催される算術会のことを話しはじめた。算術会には、せせらぎ庵の筆子亀三が参加することと、参加のためには奉納金が必要なこと。ほかの筆子たちは、自分たちのできることで亀三を助けたいと思っていることも。

「で、いまの屑拾いは、ほんとうならば、せせらぎ庵の筆子である亀三って子の仕事だったわけか。亀三が算術会に備えられるよう肩代わりしているんだな」

「亀ちゃんと亀ちゃんのおっかさんは、奉納料は自分たちで工面するって言ってるんですけど、どうもそれが難しいんじゃないかって思うので。千世先生の許しを得て、手習いに差し障りのないほどのことなら、内職を手伝ってもいいって話になったんです」

「なるほどねぇ、事情はわかったが無理はするなよ。亀三のために力を貸すのはいいが、それで、お前やほかの子たちの手習いや暮らしが疎《おろそ》かになるのは本末転倒だからな」

「はい、わかってはいるのですが」

日ごろから亀三は、貧しい家の暮らしを支えるために簡単な内職を手伝っていた。屑拾いをはじめ、蜆《しじみ》売り、傘張《かさは》り、子守、洗濯や裁縫など様々だ。銭の工面については、はじめ亀三は遠慮していたのだが、算術会まであと半月を切り、そうも言っていられなくなったのだ。

「五百文稼ぎ出すのって、ほんとうに大変なんですねぇ」

「そうだろう、そうだろう」

「でも、亀ちゃんには、どうしても算術会に出てもらわなくちゃいけないんです。これは亀ちゃんのためだけじゃなく、おれたちのためでもあり、せせらぎ庵のためでもあるんです」

「どうも鼻息が荒いようだが」と、鎮衛は顎《あご》をなでる。

「屑拾いをしていた理由はわかった。だが、それは亀三にただ算術会に出てほしいだけなのか？　それに、いま身構えていたのはなぜだ？　ほかに思惑があるんじゃないのか？」

「それは……」

平太が言い淀《よど》んでいるうちに、話しながら歩いていたふたりは、せせらぎ庵へとつづく坂をのぼりはじめた。

やがてのぼりきったところで、

「あ、あいつら、また！」

平太は、せせらぎ庵の門前に立っている、数人の子どもたちの姿をみとめた。
十二、三歳くらいの男の子がふたり、女の子がひとり。せせらぎ庵の筆子ではない。見知らぬ顔が三人ほどだ。その子どもたちは、門の枝折戸《しおりど》を押し開け、いまにも庭のなかに入ろうとしていた。
「こらぁっ、勝手に入るな！」

屑拾いのための長箸を振り上げた平太は、侵入者たちを怒鳴《どな》りつけた。すると、子どもたちは「まずい」「逃げろ」と口々に叫ぶと、反対方向へと走り去っていった。

去り際、子どもたちは捨て台詞を残していく。

「せせらぎ庵の筆子なんて、算術会に出るだけ無駄だぞ」

「うちには清六さんがいるんですからね」

「どうせ負けるんだから、はじめから辞退したらどうだ」

「なんだと！」と負けじと叫び、平太は後を追いかけたが、途中で三人が三方に散り散りになって逃げたため、目当てを絞ることができず、結局は三人ともに見失ってしまった。

追いかけるのを諦めて平太が門前まで戻ると、鎮衛が渋い顔をして平太に問いかけてくる。

「いまの連中は何者だ、知り合いか？」

「きっと岸井塾の筆子です。あいつら、亀ちゃんのことを盗み見に来たに違いない」

「盗み見だって？」

「はい。岸井塾にも算術会に出る筆子がいるんですよ。その子の仲間が、亀ちゃんがどれだけできるのか、盗み見て出し抜こうとしているんです。ついでに算術会に出るなとでも言いに来たのかも」

「どうも穏《おだ》やかじゃないなぁ」

話を聞きながら、鎮衛はうんざりとした声をあげた。

「本来、算術なんてものは、勝ち負けを競うものじゃないだろうに。ここまでされるからには、平太たちも、向こうに何かをしたんじゃないのか?」

「……」

平太がとっさにこたえられなかったのは、じつは鎮衛の言う通りだったからだ。

数日前、せせらぎ庵のおさととおゆうが、算術会に出る予定の、清六という男の子をひと目見たいと岸井塾に忍び込んだ。おさとたちには、清六の足を引っ張ろうという気はなかったものの、探りに行ったことには変わりない。そのことが清六の仲間たちに知られてしまい、仕返しを受けているのだ。

そんなことだろうと読んでいたらしい鎮衛は、肩をすくめながら言った。

「どっちもどっちだな。しかも、算術会に出る亀三や清六ではなく、まわりの子どもたちが勝手にいがみあっている。当人たちにとってもいい迷惑で、お節介なことだと思わないか」

「おっしゃる通りですけど、でも……」

歯切れ悪くこたえた平太が、まだ何か言おうとしたところ。

せせらぎ庵の玄関の戸が開き、奥から話題の亀三と、ついで亀三と一緒に居残っていた格之進が、千世に付き添われて出てきた。

「あら、鉄蔵《てつぞう》じゃありませんか」

千世が、門前に立つ鎮衛の姿をみとめ、通り名を呼ぶ。亀三と格之進も表で立ち話をしていた平太たちを不思議そうに眺めていた。

しばらく黙っていた亀三が、きまり悪そうに立ちつくしている平太に声をかける。

「ねぇ、さっきまでここに誰かいたの？　平ちゃん」

「どうして？」

「平ちゃんのものではない、ほかの子どもたちの声が、もっとたくさん聞こえた気がしたんだけど」

「……表の通りを、たまたま通りかかった子どもたちじゃないのか」

「ほんとうに？」

亀三にじっと見つめられ、平太はぎこちなく頷いた。

「ほんとうだよ」

「ならいいんだけど……おいら、どうしても算術会に出たいって我儘言っちゃって、みんなに迷惑かけてるけど、平ちゃんたちにいやな思いをさせてまで、出たくはないんだからね」

「わかってる、わかってるよ……」

そんなふたりの様子を、千世や鎮衛、格之進が、口を挟むことなく見守っていた。

千世と鎮衛が、もの言いたそうに視線をかわしたが、このときは結局何も言わなかった。

ところが——平太が、亀三を気遣うためについた嘘は、瞬《また》く間に、ほころびが生じてしまった。

この日も、亀三は格之進とともに居残りをし、算術の問答集に取り組んでいた。算術会が近くなってきたこともあり、やや熱が入り過ぎたため、いつもより帰る時間がすこし遅くなってしまった。そこで、千世から言われた平太が、ふたりを家の前まで送っていくことになったのだ。

まずは御持筒組《おもちづつぐみ》の組屋敷手前まで格之進を送っていき、ついで通りをまっすぐ進んだ先にある亀三一家が暮らす長屋へ向かった。亀三の住まいは、となりの改代町、長寿院裏にある長屋だ。夕暮れも迫ってきており、おとなたちが帰路を急ぐ姿も多く見かける。

平太たちの足取りも自然と早歩きになった。

「すっかり遅くなっちゃったね」

「うん、おとっつぁんもそろそろ帰ってくる頃かもしれない。今日はいつもより早く帰れるかもしれないって言ってたから」

「いつもはもっと遅いの？」

「おいらが算術会に出るって言い出してからね。奉納料を工面するために、すこし無理をしてもらっているから」

「みんな優しいんだね」

平太が言うと、亀三はやや申し訳なさそうな、嬉しそうな、複雑な笑みを浮かべていた。

「平ちゃんたちだってそうじゃないか。格之進さんは、病がちなのに毎日居残りに付き合ってくれるし、ほかのみんなは、おいらが家の手伝いをできない分、肩代わりしてくれている。最近では内職の手伝いだってしてくれているんでしょう。みんな隠してるけど、知っているよ。そうしないと奉納料が足りないからね」

歩きながら、「ほんとうに、ごめんよ」と頭を下げる亀三に、平太はあわてて首をふってみせた。

「亀ちゃんが気にすることじゃないよ。おれたちが勝手にやりたくて、やっているだけなんだからさ。亀ちゃんには頑張ってもらわないと」

「おいら最近思うんだ。周りの人たちに、こんな無理をさせてまで、算術会に出ていいんだろうかって。もう、やめたほうがいいのかもしれないって」

「そんなこと言わないでおくれよ。亀ちゃんにやめられたら、ほかのみんなは……」

そこまで言って、平太は、あわてて口を閉ざした。

亀三が算術会に出るのをやめてしまったら、岸井塾に勝てなくなるじゃないか。そんな言葉がおもわず出そうになったからだ。

そして思ったのだ。自分は、何のために亀三の手伝いをしているのかと。

もともとは、亀三に算術会で活躍してほしいからだった。ところが、いまや本来の目的を飛び越えて、岸井塾に一矢報いたいだとか、自分たちを虚仮《こけ》にした相手を見返したいからとか、そんな思いが先に出てしまっていないだろうか。算術会に出る当人たちを蚊帳《かや》の外に置いて、すべて自分たちのためにやっているだけなのではないか。

平太は後ろめたい気持ちにさいなまれた。

ずっとそうだったのかもしれない。だからこそ、先日、岸井塾の筆子たちがせせらぎ庵にやってきたときも、亀三には「来ていなかった」と嘘をついてしまったのではないか。

申し訳ない気持ちでいっぱいになり、平太は息苦しくなってしまう。

こんな思いをするのがあまりにもつらくて、ほんとうのことをすべて話そうと、平太が口を開きかけたときだ。

「亀ちゃん……じつは、この前のことなんだけど」

「あれ？　家のほうが騒がしいな」

平太が言いかけたところで、長屋がある裏通りのほうへ曲がった亀三が、急に「あっ」と声をあげて駆け出していた。平太もつられて顔を上げると、亀三が走って行った先、裏長屋の井戸端近くで、幼子と女の子のふたり連れの姿を見つけた。幼子のほうは、泣いているらしく、はげしく肩を震わせている。いっぽう、幼子の身丈に合わせてしゃがみこんだ女の子が、手拭《てぬぐい》で幼子の頰をぬぐってやっているところだった。

さらに近づいていくと、幼子の面倒を見ている女の子が、おゆうだとすぐにわかった。

「おゆうちゃん?」

平太はあわてて、おゆうと幼子のもとへ駆け寄る。相手も平太たちのことに気づいたのか、おゆうは手拭をふところにしまってから立ち上がった。

「平太に亀三?」

「おゆうちゃん、いったいどうしたんだい? こんなところで」

「うちの弟に何をしているのさ?」

平太が問いかけるのと同時に、亀三がきつい口調でおゆうに詰め寄った。泣いていた幼子は、亀三の弟だったらしい。亀三は、おゆうのもとから幼子の手をひっぱり、自分のもとへ引き寄せた。すると洟《はな》をすすった弟が、兄の腰にしがみついてくる。

「兄ちゃん、あのね、このおねえちゃんが助けてくれたんだ」

「助けてくれた?」

亀三はおゆうに視線を戻す。おゆうは、つんとそっぽを向いた。

「この近くにお使いがあって通りかかったんだけど、そこで、この子が岸井塾の筆子に取り囲まれて悪戯《いたずら》されそうになっていたの。あたしは止めに入ったのよ」

「ほんとうに？」

「あたしが嘘ついているって言うの？」

「そうじゃないけど……」

「だいたい、この子を苛《いじ》めて、あたしに何の得があるっていうのよ」

おゆうと亀三のあいだで言い争いになりそうだったので、あわてて弟が、兄に懸命に訴える。

「おねえちゃんの言っていることは、ほんとうだよ。おもて通りで遊んでいたらね、知らない子たちが四人がかりで言ってきたんだ。兄ちゃんに算術会に出るのをやめさせろって。弟のお前から言っておけって。言わないと、今度はおいらを苛めに来るって」

「誰がそんなことを？」

「岸井塾の、清六の取り巻きに決まってるわ。顔を見たことがあるやつもいたし」

た。

「岸井塾のやつらが？」

おゆうと弟の話を聞いて、亀三ばかりではなく、平太もおもわず叫んでしまった。

こわい出来事を思い出したのか、ふたたび涙ぐんだ弟が、言葉をつづける。

「それでね、いやだって言ったら、ぶたれそうになって……そこへ、このおねえちゃんが通りかかって助けてくれたんだ」

普段はおとなしい亀三も、このときばかりは悔《くや》しさに顔をしかめていた。それでも弟を気遣い、「恐かったたな、ごめんな」と、弟の背中を撫でながら、亀三があらためておゆうに向き直った。

「おゆうちゃん、さっきはごめん。おゆうちゃんが弟に何かしたのかと思っちまって」

「まったくよ。礼を言われるどころか、文句をつけられるなんて」

「……ごめん」

それ以上は何も言えず、亀三はしおれてしまった。

すっかりしおれてしまった亀三の代わりに、平太がおゆうに問いかけた。

「おゆうちゃんは怪我はなかったかい？」

「あたしは大丈夫。この子を連れてすぐに裏道へ飛び込んだから」

「そうか、よかった。おゆうちゃんがいてくれてよかったよ」

平太はあえて明るく言ったが、もし、おゆうが通りかからなかったらと想像すると肝が冷えた。亀三も同様だったろう。弟の体を引き寄せてから、小さな体を力いっぱい抱きしめる。

だが、そうしているうちに、亀三はあることに思い当たって、平太とおゆうに尋ねた。

「それにしても。どうして岸井塾の子たちが、おいらに算術会に出るな、なんて言うのかな。弟を脅してまで。ねぇ、平ちゃんたちはわけを知っている？」

亀三に問われ、平太とおゆうは気まずそうに顔を見合わせた。平太がわけを話す前に、おゆうがそれを制し、「やっぱり、あたしのせいかもしれない」と、数日前に、おさとともに岸井塾へ忍び込んだ経緯を説明した。平太が岸井塾に行ったときの話を聞き、ふと興味が湧いて、清六という噂の人物をひと目見てみたいと、軽い気持ちで岸井塾へ行ったこと。その先で、岸井塾の筆子に見つかってしまい、あわてて逃げてきたこと。おゆうはかつて岸井塾に通っていたことがあるので、こちらの身元がわかってしまったこと。

「あたしとおさとちゃんが、清六をひと目見てみたいなんて思い立ったから、向こうが、算術会のことで邪魔をしに来たと勘違いしてるの。だから、岸井塾の子たちも、せせらぎ庵のことを盗み見に来ていたし、亀三が算術会に出ることを邪魔しようとしたのだと思う。全部、あたしたちのせいなんだ……ほんとうに、ごめん。弟にも怖《こわ》い思いをさせちゃって」

おゆうが、亀三と弟に向かって、深々と頭を下げる。その様子を驚いて見つめてから、あわてて平太が言葉を補った。

「おゆうちゃんたちだって、まさか亀ちゃんに迷惑がかかるなんて思ってなかったんだ。おれが清六さんっていうすごい人に会っただとか、算術会のことで勝手に盛り上がっていたから、清六さんのことを見てみたくなっただけなんだよ」

平太とおゆうの話を聞いていた亀三は、はじめ目をまん丸くしていたが、すべて飲み込んだあとは、怒るどころか、気恥ずかしそうにはにかんだ。

「なぁんだ、そういうことだったのか」

「ごめんなさい」

「いいんだよ。平ちゃんやおゆうちゃんが謝ることじゃない。そもそも、おいらが算術会に出たいなんて、身の程知らずなお願いをしたから、みんなに迷惑をかけちゃってるんだよなぁ」

参ったなぁ、と亀三は頭をしきりにかいている。

「こんな大ごとになると思わなかったんだ。ただ難しい算術を解いてみたいだけだったのに。せせらぎ庵のみんなには迷惑かけちゃってるし、おとっつぁんとおっかさんには夜遅くまではたらかせているし、そのうえ弟を危ない目に遭わせるなんて」

「亀ちゃん……」

「おいら、やっぱり算術会に出るのは諦めるよ。おいらが悪かったんだ。大それたことをしようとしたからバチが当たったんだよ」

小さな両手を握りしめた亀三が、目元からぽたぽたと涙をこぼしながら、「もう、やめる」と何度も繰り返した。

平太もおゆうも言葉がなかった。自分たちが勝手なことをしたせいで、亀三の心を傷つけてしまったのだと思うと、胸が張り裂けそうになる。

「亀ちゃん、ほんとうに、ごめんよ」

平太まで涙がこみあげてきたが、詫《わ》びの言葉のほかに、亀三に何と言ってやればよいのかわからなかった。算術会を諦めてほしくないと言えば、よけいに傷つけてしまうだろうか。だからといって、このままほうっておいていいはずもない。

何もできずにいることが、悔しいし、不甲斐《ふがい》なかった。

平太がそんな気持ちを抱えながら、せめて亀三の涙をぬぐってやろうとしたときだ。

「お話し中、ごめんなさい」

表通りのほうから呼び止められ、平太とおゆう、亀三たちが振り返った。

表から裏道へ入ってきたのは、背の高いひとりの男の子だった。端整な顔と利発そうな表情は、夕暮れのなかでもまぶしく見える。

「あっ」と平太はおもわず叫ぶ。その人物は、忘れもしない。岸井塾で、塾頭の岸井登から紹介された清六だった。

「清六さん……?」

「やぁ、平太さん。先日岸井塾でお会いして以来ですね。あの……もしかして、そちらが亀三さんかな」

ゆっくりと歩み寄ってきながら、清六は、あわてて涙をぬぐっている亀三の顔を覗きこんできた。その亀三と清六のあいだに、おゆうが割って入る。

「亀三に近づかないで、これ以上、何かしようっていうの？」

「わたしは亀三さんにお詫びを言いに来たんです」

「お詫び？」と、おゆうは首をかしげた。

清六は深くうなずいた。

「じつは、さきほどのことですが、手習い所から帰る道すがら、岸井塾の筆子仲間に会ったんです。そして彼らから話を聞きました。亀三さんの家まで出向いて、算術会に出るなと伝えてきたと。亀三さん本人がいなかったから、弟さんに伝言を頼んだと……」

形のいい眉をひそめながら、清六はすまなそうに語る。

「それ以前にも、せせらぎ庵を盗み見に行ったりしていたそうですね。わたしは、ちっともそんなことを知らず、耳を疑いました。ほんとうに申し訳ないことをしました」

「あんたは知らなかったってこと？」

「はい、不甲斐ないことながら」

「弟に伝言を頼んだですって？　そんな生易しいものじゃない、弟に手をあげられたくなかったら算術会に出るなって、脅しをかけてきたのよ」

「岸井塾の筆子仲間がひどいことをしてしまいました……この通りです」

おゆうの話を聞き、清六は深々と頭を下げた。対する亀三は、あわててやめさせようとする。

「やめてください。いいんです、清六さんは何も知らなかったんでしょう?」

「それにしても、です。算術会のことで頭がいっぱいで、こんな騒ぎになっていることを知らなくて。周りのことにもっと早く気づくべきでした。ほんとうに申し訳ないことをしました」

いつまでも清六が頭を下げつづけるので、頭に血がのぼっていたおゆうも押し黙るしかない。いっぽう平太は、清六の肩にふれながら「清六さん、そのくらいで」とうながし、やっと頭を上げさせた。

頭を上げてから、清六はあらためて亀三に向き直る。

「亀三さん、言い訳をさせてもらえるのなら、ただ、わたしは算術会で自らの力を試したいと思っていただけなんです」

「わかっています」

「もちろん、私塾への推挙に興味がなかったわけではない。あわよくば、という思いはあります。だからといって卑怯《ひきょう》な手を使ってまで入塾したくはないし、あなたと競って勝ち負けを決めたいわけでもなかった。こんなことになってしまったからには、わたしは算術会への参加を見送るつもりです」

清六の言葉に、平太やおゆうばかりではなく、亀三もまた驚いた。

平太は問いたださずにはいられない。

「清六さんは……それでいいんですか？」

「構いません」

清六は、きっぱりと告げた。

「算術はわたしにとって大事なものです。一生つづけていきたいものです。ですが、算術会で結果を出し、私塾に入ることが、すべてではないでしょう。どうしても算術をつづけたいのならば、これから先、ほかの手習いや奉公をしながらだってできることです。無理をしてまで出ることはないと思うからです」

「おいらも、おなじです」

清六の言葉に耳を傾けていた亀三の目に、一度は引いていた涙がふたたびこみあげてきた。

「……おいら、算術を嫌いになりたくないんです」

「ええ、わかります。わたしもです」

「だから、清六さんが言うとおり、無理してまで出たくない。まわりに迷惑をかけて、銭をかき集めて、おとっつぁんやおっかさんにも無理をさせ、清六さんたちと喧嘩をして、せせらぎ庵の筆子仲間にもいやな思いをさせて、こんな後ろめたい気持ちのまま出たくないんです」

「あなたにとっても、算術は大事なものなのですね」

清六が差し出した手を、亀三がしっかりと握り返す。ふたりは、しばらくそのまま動かずにいた。

平太は、その姿を、羨望《せんぼう》と嫉妬《しっと》がいりまじった気持ちで見つめていた。

亀三と清六は、自らが拠《よ》るべきところを知り、やるべきことに真摯《しんし》に向き合おうとしている。己もまた、そこに追いつきたいと心から思った。

「おれも、負けてられないなぁ」

おもわず口をついて出た平太のつぶやきを聞いて、おゆうもまた、無言でうなずいていた。


亀三と清六がふたりして算術会への参加を撤回すると言い出したことで、まず動いたのは岸井塾の塾頭、岸井登だった。

岸井塾の筆子数人が、亀三の家に押しかけた翌日のこと。一日の手習いを終えた岸井登が、せせらぎ庵に駆けつけてきて、千世に面会を求めてきた。

用件は、もちろん亀三と清六のことだ。

「わたしたちふたりで、どうにか清六と亀三を説き伏せましょう。算術会に出るように」

千世の部屋に通されるや、登は身を乗りだすように言った。

対する千世は、平太が淹《い》れてきた茶をひと口含んでから、落ち着いた調子でこたえる。

「登先生がいらっしゃっているというので、何事かと思いましたが。算術会のことですか」

「もちろんですよ、それ以外に何があるというのです」

「でしたら、いま一度、亀三に意思をたしかめるつもりではいますが、子どもが自分で決めたことです。どうしても出ないというのなら、それ以上は引き留められません」

「どうしてですか⁉」

登は声を荒らげた。

「それでいいんですか？　算術会に出て、いい成果を挙げれば、私塾に入れるかもしれない。算術家に目をかけてもらえるかもしれない。なぜ千世先生は、もっと子どもたちを引っ張り上げようとなさらないのか」

「望んでもいないことを無理強いすることはないじゃありませんか。嫌々やらせたところで、子どもにやる気がなければ長つづきしません。無理に引っ張り上げようとすれば反発もするでしょう。お言葉ですが登先生、あなたは、どうしてそこまで清六を算術会に出させたいのですか。もちろん清六のためを思ってのことでしょう。ですが、それだけですか？」

「わたしは……」

登は言葉に詰まった。そこではじめて、本人も気づいたのかもしれない。登が清六に目をかけていたのは、算術会に出させたいのは、もちろん優秀な子をもっと高みに押し上げたいという気持ちもあっただろう。だが、岸井塾という三代つづく手習い所の名を、世間に広めたいという気持ちもあったのではないか。もちろん、それはしごく当然の思いだ。自らが営む手習い所をより良い場にしたいという向上心だ。ただ後者を優先しすぎて、子どもの意思をないがしろにすることが問題なのだ。千世が、そのことを言いたいのだとわかり、登はがっくりと肩を落として言った。

「……ただ算術会に出ろと言うのではなく、なぜ、出たくなくなったのかを聞くことが、先かもしれませんね」

「おっしゃるとおりですわ。お互いに、よく子どもたちの話を聞いてみましょう。そのうえで、やはり出ないというのであれば、本人の思いを尊重するほかはありません。でも登先生、清六さんならば、いまは遠回りしても、ときに挫折《ざせつ》したとしても、たゆまず努力を重ねていれば、いつかきっと大成《たいせい》できる子だと思います。亀三にしてもおなじです。算術会に出ることがすべてではないはずです」

「お言葉、肝に銘じます」

「いやですわ、三代つづく岸井塾の塾頭に、わたしとしたことが偉そうに」

「いえ……目が覚めました、ありがとうございました、千世先生」

こうして手習い師匠どうしの話がつき、それぞれの筆子たち相手に、じっくり話を聞く時間を設けた。

そこで、亀三や清六たち本人ではなく、周囲の子どもたちどうしの勘違いや諍いがあったことを知り、それが算術会熱が行き過ぎたせいだとわかり、師匠たちもまた、そのことに思い至らなかったことを子どもたちに詫びた。くわえて、算術会に出ることは勝ち負けを決めるものではないし、手習い所どうしの優劣を競うものでもないのだから、垣根を超えて算術会に出る者すべてを応援してやってほしいと説いた。

諍いを起こした子どもも、自分たちの過ちに気づいたのだろう。師匠らに言われるまでもなく、互いの手習い所に頭を下げに行き、また亀三や清六に対しては、本人らの与《あずか》り知らぬところで騒ぎを大きくしてしまったことを詫びた。

亀三も清六もすっかり恐縮してしまったのだが、これを機にふたりとも、

「やっぱり算術会に出ます」

という意志を、師匠らに告げていた。

お互いに邪魔をしない。足を引っ張り合わない。正々堂々と、本人たちの力だけで、算術会に臨むことを誓いながら。

算術会の直前になり、やっと奉納料を用意できたという亀三が、千世にあらためて挨拶をする。

「うちの長屋の大家さんが、算術会に出るなら家賃を待ってくれるというので、どうにか間に合わせることができました。岸井塾の子も頭を下げてくれたし、み

んなだって家のことを手伝ってくれて、ここまでしてもらって出ないわけにはいかないから」

「よかったですね、亀三」

「はい、みんなが助けてくれたからこそです。おいら、このことを忘れない。一所懸命に取り組んできます」

「灌仏会での催しなのですからね。卑怯なことをすれば罰があたるでしょうし、あなたのたゆまぬ努力も、きっとお釈迦さまが見ておいでですよ」

「はい」

　こうして亀三は、晴れやかな気持ちで、算術会に臨むことになった。


　葉桜が眩しい、さわやかな日和《ひより》のなか。

　改代町の長寿院では、陽気にふさわしい華やかな灌仏会が執《と》り行われていた。

　色とりどりの花で飾られた花御堂の正面に出ると、御堂のなかに一尺ほどのかわいらしいお釈迦さま像が立っている。お釈迦さまが生まれたときに、天から降り注いだという甘い雨にちなみ、柄杓で甘茶を汲《く》み、像にかけていく。ついで、その雫《しずく》を自分にかけながら願い事をすると、願いが叶えられるという言い伝えもあり、参詣者ひとりひとりがその手順でお参りをしていくのだ。

灌仏会にやってきた人たちの行列ができるなか、本堂では算術会が開かれようとしていた。

ひやりと清らかな空気が流れる本堂のなかに、整然と文机が並べられている。算術会の参加者は、ひとりひとり文机の前に座し、じっと待っていた。

ひとりひとりの表情に、得も言われぬ緊張感が漂っている。なかには、真っ青《まさお》な顔をしている若者もいた。本堂の厳粛な雰囲気と、算術への熱意、はたまた周囲すべて競い合う相手だという環境が、そうさせているのだろう。

亀三もまた、手足にかすかな痺《しび》れを感じていた。緊張のあまり呼吸が浅くなっているせいかもしれない。わずかに首をひねって後方を振り返ると、斜め後ろの席に、岸井塾の清六が座っているのが見えた。清六もまた、いつになく端整な顔をこわばらせている。亀三と目が合うと、かすかに笑みを浮かべてくれたので、亀三もほっとして前に向き直る。深く息を吸って吐いてを繰り返していくうちに、やっと痺れもなくなってきた。

やがて寺男が、黒塗りの文箱を持ってあらわれた。

文箱のなかには、封をした紙包みが入っており、それが参加者全員に配られた。封をされた中身は問題だ。ついで、硯《すずり》や筆、算木《さんぎ》、算盤が、となりの座敷から運び込まれる。不正を防ぐために、筆記具なども私物は持ち込み禁止で、すべて寺が用意したものを使う。

問題と道具が配られたのを確かめたあと、いよいよ本番である。

与えられた時は、一刻だけ。

「はじめ」

という寺男の合図で、参加者がいっせいに問題を開封した。

中には三つの設問があった。

三つのお題を解いていく。すべて解けたとしても刻限まではじっとその場で待機し、刻限までに解けなかったとしても、そこまでだ。短縮されることも延長されることもない。

緊張の一刻なのだ。

参加者たちは、三つの問いに向き合う。

『一、半円に直角三角形を内接させ、この直角三角形の内接円と、弓形内に描いた最大の円が相等しいときの外接円と小円の半径を求めよ』

『二、図のごとく、五角平の内に小池あり。五角形の中心にある円形の面積を求めよ。またその解き方については、天元術《てんげんじゅつ》のほかに、算盤でも解くこと』

『三、円のうちに、大円二個、小円二個が接した形があるが、それらの大円小円は、またお互いに接している。いま、一番外側の円の直径を七寸、内に接している大きいほうの円を直径三寸としたら、小円の直径はいかほどか』

三つの問題を、息を整えおえた亀三はじっと見つめていた。

かつてないほど集中していた。

頭のなかが冴《さ》え渡っているのを感じる。

問題を見つめながら、亀三は大切な人たちのことを思った。

家を出る直前、お守りを手渡してくれた親や兄弟たちのこと、自分のために内職や家の手伝いを肩代わりしてくれた平太と留助、いつも励ましてくれた茂一と弥太郎、岸井塾に乗り込んでくれた、おさととおゆう。自分に対等に向き合ってくれた清六、辛抱《しんぼう》強く自習に付き合ってくれた格之進のこと。皆への感謝ばかりが、頭の片隅にあった。

「千世先生……」

鬼千世先生は、せせらぎ庵にやってきたばかりのときから、算術しか興味のない自分に合わせた指南をしてくれた。やりたいと願うことを、決して止めることはなかった。やめたいと弱気になったときも引き留めはしなかった。悪いことをしない限り、いつでも自分の意志を尊重してくれたのだ。

亀三がやることを認めてくれた人たち、信じつづけてくれた人たち、助けてくれた人たち、その人たちのことを考えていると、不思議と頭が冴えていき、問題にも落ち着いて向き合うことができた。

「よし」

もう一度だけ深呼吸をした亀三は、ついに筆を動かした。

一刻などあっという間であった気もしたし、ひどく長くも感じられた。

持てるすべての力をつかってお題に取り組んだ亀三は、結果などともかく、満足感と疲労感とを抱えて、家に戻るとすぐに寝入ってしまったという。


算術会から十日後の、夕刻のこと。

せせらぎ庵の鬼千世先生のもとへ、長寿院の算術会を催した算術家から使いがやってきて、神妙そうに文を手渡してきた。

この日は、ちょうど根岸鎮衛が酒を持ってふらりとあらわれたのだが、鎮衛もまた亀三の成績が気になっていたところだったので、「はやく文を読んでみろ」とやたらとせっついてくるのである。

「どうして、わたしより鉄蔵のほうが慌てているんですか」

「亀三と一緒に算術会に出ていた岸井塾の筆子たちと、いろいろあったんだろう？　そんななかでやり遂げたんだ。おれだって結果が気になるさ」

「まったくもう、うるさいったら」

　ぶつぶつと文句を言いながらも、千世もまた内心はすこし焦《あせ》っているらしく、文を開く手がかすかに震えていた。

　慎重に文を開き、鎮衛の前で読み進める。

「あらまぁ」

「どうした！　結果はどんな具合だった？　まずかったか」

「参加者二十二人のうち、三位だったそうです」

「三位かぁ……だめだったか……」

「いえ、まさか」と千世は、あきれ顔でかぶりを振った。

「おとなも参加できる算術会で、三位ですよ。立派なものですよ。文にも書いてあります。十五歳よりも下の参加者のなかでは一番だったと。なかなか見どころがあると。いますぐ私塾に推挙とはいかないが、これから折を見て、とくべつに指南をつけることも考えてくださるそうですよ」

「ほんとうか？」

　がっかりと肩を落としかけたのも束の間、千世の手から文を奪い取った鎮衛は、右から左へと文面を何度も読み返した。その度に、「よかった、よかった」とつぶやくので、千世はおもわず笑いだした。

「我がことみたいに喜ぶのですね」

「何を言う、我がことより嬉しいさ」

「ふふ、たしかに。わたしもです」

　たった十歳の筆子が、やりたいことに真摯に向き合った子が、こうして世にみとめられた。手習い師匠として、嬉しくないはずはない。千世の気持ちがわかっている鎮衛も、心の底から喜んだ。こうしてしばらくの間、酒好きの千世と鎮衛は、酒を飲むことも忘れてしばらく文に見入った。

　やっと文を置いた鎮衛が杯《さかずき》に酒を注ぎ、千世とささやかに酒杯を交わした。

「いやはや、とにかくよかった。十五より下の参加者のなかで、亀三が一番か。つまり岸井塾の優等生よりもいい成果が出たということだな」

「これは、亀三には黙っておくつもりですけど」

「どうしてだ？」

「あの子が、算術を嫌いになりたくないと言ってたからです。算術は勝ち負けではない、優劣を競うものではない。そういうものにとり憑《つ》かれてしまったら、きっと算術を嫌いになる、と本人が言ったのです」

「そうか……まだ幼いのに、大したものだな」

一杯目をいっきにあおり、二杯目を注ぎながら、鎮衛も神妙にうなずいている。

亀三がこの先、算術とどう向き合っていくのか。これを機に、本気で算術の私塾へ進むことを目指すのか。はたまた別の道を選ぶのか。その先は、もちろん家族とさらに話し合わなければいけないし、本人もさらなる精進を重ねていかねばならないだろう。

「でも、わたしは、あの子はいつか算術で身を立てられるという気がしてなりません。これこそ、もちろん本人には言いませんけど。きっと大丈夫でしょう」

「そんなものか」

「そんなものです」と、かすかに酔ったらしい千世は、にこやかにこたえる。

「だって、今回、あの子の頑張りを見て、まわりの筆子たちの気持ちが動いたのがわかるのです。平太もそうですし、ほかの子たちも。亀三自身だって変わったでしょう。もちろんいい方向にね。算術会の結果などよりも、わたしは、そのことのほうが、ほんとうに、ほんとうに嬉しいのですよ」

注がれた三杯目を、千世は、またもいっきに飲み干した。

鎮衛もおなじだけ飲みつづける。

心の底から嬉しそうに、楽しそうに、杯を重ねる千世を、鎮衛もまた笑顔で見守っていた。

二　それぞれの居場所

神田川沿いの葉桜もいよいよ緑が濃くなりつつある春の終わり。せせらぎ庵に新しい筆子がやってきた。

「こいつは桃三《ももぞう》ってぇんだ。おとなみてぇに体が大きいが、これでまだ十一歳。みんな、仲良くしてやっておくんない」

桃三という、身丈も身幅も大きくて実際より三つ四つは年上に見える男の子を連れてきたのは、せせらぎ庵の筆子だった新七《しんしち》だ。

新七は、界隈を取り仕切る岡っ引きの手下——下っ引きを生業《なりわい》としているが、かつては札付きの不良だった。喧嘩《けんか》は日常茶飯事、脅し、強請《ゆす》りもやるという素行のせいで、他所の手習いでは長つづきせず、かといって奉公に上がればすぐにやめさせられる。見かねた父親によって、出来たばかりのせせらぎ庵に預けられ、およそ一年のあいだ鬼千世先生の薫陶《くんとう》のおかげで改心し、その後も岡っ引きのもとでより厳しくしつけられ、いまやすっかり立ち直っている。

そんな新七が、せせらぎ庵に通う以前に暮らしていたのが、小日向町《こびなたちよう》のあけぼの長屋という所だが、ここは町内でも知られた貧しい一角で、悪徳長屋とも揶《や》揄《ゆ》され、店子《たなこ》のほとんどが素行の悪い者だった。

幼い新七が不良になったのも長屋の仲間の影響だったし、悪さをしたのも貧しさゆえだ。昨年、牛込水道町を騒がせた盗人騒動にかかわっていたのも、一部はあけぼの長屋の人間だった。

昨年の騒動があり、いまあけぼの長屋は大家が替わり、すこしずつ長屋の修繕や住人の入れ替えがはじまっているらしい。いずれは悪徳長屋と呼ばれることもなくなるだろう。

桃三は、そのあけぼの長屋の出とのことだった。

「こいつのこと、喜作《きさく》の野郎に頼まれちまってよぅ」

喜作とは、こちらもあけぼの長屋のもと住人で、新七の幼馴染だ。先述した盗人騒ぎで実行役をつとめており、いまは牢に入っている。主犯ではないため、さほど長くは牢に留め置かれることはないだろうが、犯した罪を粛々《しゆくしゆく》と償《つぐな》っている最中だ。もちろん喜作が盗みにかかわったのも、貧しさをしのぐためにほかならない。

新七は、もともと同じ立場だったから、喜作の苦しみがよくわかる。幼馴染でもあったし、喜作にも立ち直ってほしいと心から願っているので、ときどき牢に差し入れをしているのだ。そこで、喜作に頼まれた。

「あけぼの長屋に、桃三っていう十一のガキがいるんだが、そいつを手習いに通わせてやりてぇんだ。大家が替わって長屋を追い出されりゃ、親兄弟もいないから、行くところなんざありゃしねぇ。ひとりで生きて行く術《すべ》だって、盗みや強請りくらいしか知りはしねぇんだ。ろくなおとなにならねぇよ。おれの二の舞にならないよう手習いをさせて、せめてどこかで奉公がつとまるくらいにさせてやりてぇんだ。だからよ、新七兄貴のほうから、千世先生に口添えしてもらえねぇだろうか」

せせらぎ庵の鬼千世先生ならば、盗人のもと子分だとて分け隔《へだ》てなく指南してくれるのではないか。そう思い、喜作は願い出た。

喜作のたっての願いだ。新七とて、かつては桃三と似たり寄ったりの境遇だった。力になってやりたかった。

「わかった」

喜作の頼みを受けて、新七はこたえた。

「桃三のことはまかせておけ、そして、お前も、牢から出たら、一緒にせせらぎ庵に通ってくればいい。千世先生ならば、お前がまっとうな道を歩めるように、どこまでも手助けしてくれるはずだぜ」

「……ありがとう、兄貴」

こうした経緯があって、新七はあけぼの長屋まで桃三を探しに行き、自分のところで引き取り、溜《た》まっている家賃を肩代わりしてから長屋から抜け出させ、せせらぎ庵の鬼千世先生のもとへと連れてきたのだ。

せせらぎ庵にはじめて顔を出した桃三は、一緒についてきた新七に、「ほら、挨拶《あいさつ》しろい」とせっつかれ、相撲《すもう》取りみたいな大きな体を折り曲げて筆子仲間に挨拶をした。

「は、はじめまして。おいら桃三ってぇんだ。よろしく頼まぁ！」

体も大きければ、声も大きい。

出会いがしらにそんな大声で名乗りを受けて、初顔合わせの筆子たちは、呆気《あっけ》に取られてしまった。

「頼まぁ、じゃねぇだろう！」と、新七がすかさず桃三の頭を小突《こづ》く。

「よろしくお願いします、ときちんと挨拶するんだ」

「……よ、よろしくお願いします」

慣れない敬語で言い直すと、それが自分でもよほどおかしかったのか、桃三は噴き出してしまった。笑ってみると、厳《いか》つい表情もたちまちあどけなくなり、年相応に見えなくもなかった。すると、周りもほっとして、戸惑いながらも「よろしく」と返すのだった。

「今日からよろしくね、桃三さん」

筆子を代表して、平太があらためてこたえる。

「おれは平太っていいます。ここで居候をしながら手習いをしているんだ。こっちが留助、格之進さん、茂一に弥太郎に亀三。あっちが、おさとちゃんとおゆうちゃんだよ」

「はじめまして、平太に留助に、かくの……え、なんだって？　もしかしてお武家さまかい？　へえぇ、小さい子も女の子もいるんだなぁ、なんだか面白いなぁ」

「追い追い覚えていけばいいよ。桃ちゃんは、あけぼの長屋を出たっていうけど、いまはどこから通ってくるんだい？」

平太の代わりに、今度は留助が声をかけた。

「桃ちゃん」と親しそうに呼ばれた桃三は、嬉しそうに歯をみせて笑った。

「わはは、桃ちゃんなんて呼ばれたのはじめてだぜ。照れるな。えっとね、おいらは、新七兄貴が借りている部屋で、しばらくのあいだ厄介《やっかい》になることになったんだ。水くみと掃除と洗濯とお使いと、あとはときどき肩揉みをすれば、ただで居候させてくれるってぇんだ」

「へぇ、新七さんたら、女房みたいなことを桃ちゃんにやらせてるんだね」

留助が言うと、どっと笑いがおこり、場がなごんだ。

心底いやそうに手を振ったのは、もちろん新七だ。

「やめてくれ、こんな相撲取りみたいな厳つい女房はごめんだぜ」

ふたたび周りで笑いが起こる。顔をしかめていた新七も、おもわず噴き出してしまった。だが、笑いがおさまると、新七はあらたまって筆子たちに頭をさげる。

「みんな、桃三はこの通り、体ばかりが大きくてこれまでろくな手習いもしてこなかったから、ときどき迷惑をかけるかもしれねぇ。勘弁してくれよな。鬼千世先生にみっちりしごかれりゃ、そのうち素行もなおるだろう。辛抱して、仲良くしてやっておくんな」

新七の頼みに、筆子たちはいっせいにうなずき返す。

すると、それを見ていた鬼千世先生も、力強く請《う》け合った。

「桃三のことは、まかせておきなさい。なんといっても、わたしは荒れていたあなたを一年も辛抱強く相手したのですからね。よもや新七より手がかかるってこともないでしょうから」

「ええ？　そりゃないぜ、千世先生」

新七が大げさに嘆《なげ》いてみせると、ふたたび場がどっと沸《わ》いた。

桃三も腹を抱えて笑っている。

かつて不良ばかりが集《つど》っていたあけぼの長屋の出だが、桃三も新七と同様、明るくて楽しい子なのだろうと、平太は期待に胸をふくらませていた。

ところが――新しい筆子がせせらぎ庵に入って、数日が経《た》ったころ。
平太が見る限り、桃三にはすこし困った一面があることもわかってきた。明るくて楽しい子であるのは確かなのだが、やや調子に乗りすぎるところがあるし、ちゃんとした躾《しつけ》が身についていないところもある。

桃三は、住まいこそ新七宅に間借りしているものの、生計は自ら立てなければならないので、植木職人のもとで下働きをしているのだという。その合間を縫い、十日間のうち、二日か三日ばかりせせらぎ庵に通ってくることになっていた。桃三がやってくると場はとても賑《にぎ》やかになる。いや、賑やかになりすぎるのだ。

まずは手習いのときに黙っていられない。ついとなりの子にしきりに話しかけたり、書き取りのための半紙で折り紙をはじめたり、長いあいだ座っていられず立ち上がったり、しまいには急に庭に出て遊びはじめたりする。

他人のものをことわりもなく勝手に使ったり、くわえて喧嘩っぱやい一面もある。ちょっとした誤解で、自分がからかわれたのだと思い込み、年下の子にも構わず手を出したこともあった。

「ほかにも、遅刻はいつものことだし、借りたものは返さないし、人が気にしていることを堂々と口にするし、やたらと女の子に馴《な》れ馴れしいところもあるし、悪気はないらしいのですが。だから、よけいに叱《しか》りにくいというか。千世先生はどう思いますか」

桃三がやってきて十日余り。手習いが終わったあと、夕餉《ゆうげ》の支度《したく》を手伝いながら、平太は千世につい不満を漏《も》らしてしまった。

叱らずとも、やんわりと千世から桃三に意見してほしい。そんな気持ちもあってのことだが、千世は、平太が思ったとおりの反応を返してはくれなかった。

「では聞きますが。手習いのときに話しかけられたり、馴れ馴れしくされたといって、ほかの誰かから不満が出たのですか？」

「そういうわけではないのですが」

「ではあなたが不満なのですか？」

「いえ……」

「そうですか。あなたが不満であるならば話も聞きますが、でも、そうでないのなら、自分が、皆にとって迷惑だと先走って考えているだけなのでは？」

「……」

平太は押し黙ってしまった。不満そうに顔をしかめていたかもしれない。その表情を横目で見てから、千世は台所に視線を戻し、まな板の上で菜の漬物を刻みながら言葉をつづける。

「正直におっしゃい、あなた自身が、すこし不満なのでしょう？」

「はい……」

「あなたは、桃三のせいで手習いがはかどらないと言いたいのですか？」

「そこまでではないですけど、すこし気が散るのはたしかです。しかも、ほかの子たちも桃三につられて悪戯《いたずら》をはじめるし……」

「なるほど、あなたが不満なのはそこなのですね」

　菜の漬物を刻み終えた千世は、包丁についた切れ端を、平太の口にほうりこんだ。お腹が空《す》いていたところに塩辛さがしみこんできて、さらに空腹が呼び起こされる。

　漬物を飲み込んでから、平太はあわててつけくわえた。

「だって、みんなして桃三につられてしまって、手習いに集中しないんですよ。昨日だって、桃三がとなりの庭にしのびこんで、飼い猫にちょっかいを出して、みんなも一緒になってついていって、となりのご隠居にひどく叱られたんですよ。おれが謝りに行って、やっと許してもらえましたけど。今日だって遅刻してきて、だのに悪びれもせず、留ちゃんにずうっと話しかけてる。いま手がけている植木がどうとか、昨日、猫にひっかかれたとか、おさとちゃんとおゆうちゃん、どっちがかわいいとか。留ちゃんだって、それにつきあってずっと話をしているし。さらにいえば、おれの道具を勝手に使うし、筆だって洗わないし、桃三が使った机の下はいつもごみだらけなんです。掃除するほうの身にもなってほしいです。滅茶苦茶《めちゃくちゃ》です。それなのに、どうしてみんなは怒らないで笑って見ているんだろう」

桃三は悪童にもかかわらず、妙にほかの筆子に人気がある。つまりそれが不満なわけだ。言い出してみれば不満がとまらない平太の横で、千世は口元に手をあててかすかに笑っている。

「千世先生まで笑って、ひどいです」

「あらまぁ、ごめんなさい」

平太が顔を真っ赤にしながら訴えるので、さすがに千世も笑いをおさめてから、あらためて平太に向かい合う。

「そうでしたか。おとなりのご隠居さんの猫に悪戯を。それは困りましたね。おとなりさんには、わたしからも後で謝っておかなければいけません」

「お願いします」

「人や生き物に手をあげないこと、人のものを取らないこと、桃三にもきちんと意見しておきますよ」

「それだけですか?」

「ええ、それだけ。いまのところは」と、千世はかるくうなずいた。そうしてから、平太の目を見て語りかける。

「桃三はまだ、いろいろなことを覚えている途中なのですよ。みんなそれがわかっているから、笑って許しているのではないかしら」

「覚えている途中、ですか?」

「あけぼの長屋という、世の常とはすこし離れた狭い世界で育った桃三は、一番年下の茂一よりも、心が幼《おさな》いのかもしれない。ものごとの分別など、誰にも教わってこなかったのですから。そんな桃三に、急に、あれはだめ、これは正しいと、こちらの決まりを無理やり押し付けても仕方がありません。焦《あせ》らずにゆっくりと向き合って、すこしずつわかってもらうしかないのです」

　千世は、いまだ不満そうに口をとがらせている平太に、ひとつ昔話を披露した。

「では新七の話をしましょう。あの子がはじめてうちに来たとき、こんなことがあったのですよ。たしか、あの子が十四くらいのときでしたね。当時、新七は態度も言葉も悪くて、桃三なんかよりよほどつっぱっていて、周りとすぐに喧嘩をはじめたし、わたしにだってすぐに噛《か》みついてくる子でした。でも、ほかの筆子に迷惑だからと、わたしから見放すつもりはなかったのですよ。だって、どんな子でも受け容《い》れる。すこしでも成長してくれる見込みがあるのならば、手習いを授ける。新七から出て行くと言わないかぎり、どんな子にでも合わせて手習いをするのが、うちのやり方ですからね」

「……新七さんにも、そんな時期があったんですね。でも、新七さんに悪さをやめさせないと、ほかの子たちがたまらないんじゃないですか」

「ええ、そう訴える子もいました。追い追いわからせるつもりだと言っても、新七をいますぐ追い出せと言う親御さんもいてね。でも、うちのやり方が合わないというのなら、ほかの手習い所に移ってもらうしかない。そのくらいの覚悟でした」

「そんなことをしたら、もしかすると、新七さん以外の子がみんな出て行ってしまうじゃないですか。そのときは、どうするつもりだったんですか」

「新七を贔屓《ひいき》にしていると、見られてしまうかもしれませんね。実際、新七が恐い、迷惑だといってやめた子も数人はいましたよ。でもね、残りの子は新七を仲間として受け容れてくれたし、たとえ筆子が新七ひとりになったとしても、わたしは構わないと思っていました。真面目に手習いをしている子のほうを、なぜ放り出すのかと、親御さんたちに呆《あき》れられても仕方ありません」

「でも……千世先生が見放したら、ほかではどこも新七さんを受け容れてくれないかもしれない。だから、新七さんを追い出さなかったんですね」

「すこしは、わたしの思いもわかってくれますか」

「はい」

小さく返事をした平太は、はずかしそうにうつむいた。

「すいません……おれだって、同じだったのに」

「平太が？」

「おれだって、四年も手習いに通えずにいて、はじめはみんなと口もきけなくて、浅間押《あさまお》しだなんて言われていたのに、みんな分け隔《へだ》てなく接してくれて、他所からきたおれと仲良くしてくれたのに。そのときのことを、つい忘れていたかもしれません。おれも、もっと桃三のことをよく知りたいし、仲良くなれるようにしてみます」

「平太がそう思ってくれて、嬉《うれ》しいですよ」

ありがとう、と千世はやさしく言った。

平太もまた嬉しくなった。そして、あらためて千世の志《こころざし》に胸を打たれた。子どもたちを思う気持ちにも。こんな千世のもとでこそ、自分がいま手習いをつづけていられるのだと、ありがたさに胸がいっぱいになった。

千世と話し合ってから、平太は「桃三と仲良くする」と心に決めたわけだが——。

翌日とそのつぎの日も、桃三はつとめに出るため手習いをやすみ、つぎにせせらぎ庵に顔を出したのは三日後のことだった。

桃三は、案外忙しい。居候している新七のもとで家事全般を担い、かつ植木職人のもとで下働きをしている。手習いにやってくるのは、二、三日に一度くらいだ。顔を出したとしても、相変わらず遅刻は多いし、忘れ物はするし、ときには手習いをサボろうとして新七に引きずられてくることもあった。

桃三と仲良くなりたくとも、ふたりでゆっくり話をする機会もなく、数日が過ぎていた。

「おはよう、平ちゃん」

ある日の早朝、平太がいつものごとく門前の掃《は》き掃除をしていたら、三日ぶりに桃三があらわれた。ここに来る途中に行き合ったらしい茂一と弥太郎、ついでにおゆうも一緒だ。

いつも通り「おはよう」と返そうとした平太だが、そのとき箒《ほうき》を取り落としそうなほどに驚いたのは、桃三、茂一や弥太郎らの口元が、どういうわけか赤く染まっていたからだ。

「どうしたの？　転んで擦《す》りむいたの？」

いったい何事かと、平太があわてて手拭を取りに戻ろうとすると、それを桃三がとっさに引き留める。

「違うよ平ちゃん、怪我をしているわけじゃねぇんだ」

「えっ？」

よくよく話を聞くと、手習いに来る途中に、桃三は道端にあった小さな畑で桑《くわ》の木を見つけたというのだ。木には実がいくつか生っており、つい桃三の食指が動いた。そこへ茂一と弥太郎も通りかかり、一緒になって食べてみたというのだ。

「そうしたらよぉ、ひどいんだぜ」

「ど、どうしたの？」

「甘くて美味《おい》しいのかと思ったら、熟れすぎてて妙な味がしてさ。たのむよ平ちゃん、水をいっぱい飲ましておくれよ」

桃三をはじめ、茂一と弥太郎も赤く染まった舌を平太に見せながら、「変な味」「全然美味しくなかった」と不平を言っている。

ついで渋い顔をしながら、桃三はおゆうのほうを振り返った。

「でも、おゆうちゃんは食べてくれなかったんだよな」

「あたしはいらないって言ってるのに、桃三はしつこいのよ」

「ちぇっ、しつこいだって。おれぁ、おゆうちゃんに喜んでもらいたかっただけなのになぁ」

「喜んでもらいたいですって？　妙な味だって騒いでいるくせに、よく言えるわね」

おゆうにやり込められ、桃三が「返す言葉がねぇや」とぼやいたので、平太はたまらず笑い出してしまった。

「桃ちゃんは、面白いなぁ」

平太が笑い声をあげていると、それを見た桃三は、真ん丸な顔いっぱいに笑みを浮かべた。

「あっ、嬉しいな」

「何が？」

「平ちゃんが、はじめて『桃ちゃん』って呼んでくれた」

そこで平太は気づいたのだ。筆子仲間のことを呼ぶときには、たいてい「留ちゃん」「亀ちゃん」とちゃん付けで呼ぶのに、桃三のことは、いまだ呼び捨てだったことを。これまで桃三は何も言わなかったが、内心では気にしていたのだろう。

申し訳ない気持ちになって、平太は唇を嚙んだが、すぐに笑顔をつくる。焦らずゆっくりと、桃三に向き合うと決めたからだ。

「そうだったっけ、ならば、あらためて。これからは桃ちゃんと呼んでいいかい？」

「もちろんだぜ、平ちゃん」

「ならば桃ちゃん、お昼休みになったら、あとで畑の持ち主に謝りに行こう」

「どうしてだい？」

「畑ってのは誰かの持ち物だろう？　ならば桑の実は、畑の持ち主が育てていたものだ。桑の実も熟したら収穫するつもりだったかもしれない。楽しみにしていたかもしれないよ。その実を勝手に獲《と》って食べてしまったんだから、お詫《わ》びをしないと。そもそも人の家の畑に勝手に入るのはよくないことだよ」

「そ、そうか……たしかに、そうだよな。悪いことをしちまったなぁ」

戸惑いながらも、桃三は素直に己《おのれ》の過《あやま》ちを認めた。根は素直なのだ。その姿を見て、平太は「きっと仲良くなれるはずだ」と思いながら言葉をつづける。

「実を食べてみたいのだったら、畑の主にかけあってみないと。声をかけてみたら、案外気軽に食べさせてくれるかもしれないよ」

「わかった、つぎはそうしてみる」

「うん。じゃあ手習いがはじまる前に、みんな水で口をすすいでおいでよ。千世先生にことわって、台所で水を使わせてもらって。さぁ、弥太ちゃんも茂一ちゃんも」

「おいらがお先に！」

巻き添えを食った弥太郎と茂一を置いて、まっさきにせせらぎ庵のなかへ駆け込んでいったのは桃三だった。年下組も、「ずるいや桃ちゃん」などとはしゃぎながら後につづく。玄関の奥からは、楽しそうな笑い声が聞こえてくる。

三人を見送った平太も愉快な気分になった。

年下組の茂一や弥太郎は、ことさら桃三に心酔しているふうがあり、今度は桃三が何をやってくれるのだろうと、楽しそうに後をついてまわったりする。そうする気持ちも、すこしはわからないでもなかった。

「楽しそうだなぁ」と、掃き掃除を終えた平太は、桃三たちが去ったあと、この場に残ったおゆうに声をかけた。

「おゆうちゃんも、おはよう。おゆうちゃんはよく桑の実を食べなかったね」

「おはよう」と返してから、おゆうはそっけなくこたえた。

「食べるわけないじゃない、あたしは食べごろの実がよくわかるもの」

そう言っておゆうは、平太の目の前に片手を突き出してきた。かるく握られていた手を開くと、そこには、ほどよく赤く色づいた桑の実が数個おさまっていた。

「このくらいが美味しいかも。あんたにあげる」

「桃ちゃんが、おゆうちゃんにあげたものじゃないのか。もらっておけば？」

「さぁ、どうかしら。とにかく、あたしはいらない。あいつ、やたらとしつこく押し付けてくるの。やめてって言っても聞いてくれなくて」

「ふぅん……」

平太は、手の平のうえの実と、おゆうの顔とを見比べた。ついで、おゆうの手から実を受け取ると、せせらぎ庵の中へと入っていくおゆうの背中を見送った。

そんな話をしているあいだにも、格之進や亀三、おさと、留助がつぎつぎとあらわれて、平太が桑の実を持っているわけを聞いていく。皆が「桃ちゃんは相変わらずだなぁ」と笑っていくなか、留助だけがもの言いたげだ。

「桃三ってさ」

「うん?」

「おゆうをしつこく追いかけまわしたりするのって、あいつ、おゆうのことが好きなんじゃないのかなぁ。筆子仲間というよりは、女の子として」

「そうなのかな?」

おもいがけないことを告げられ、平太は混乱するのだが、留助は「そうだよ」と熱弁する。

「べつにおかしいことじゃないさ。平ちゃんにだって、どうしても話をしたい女の子がいて、気になって仕方なくて、寝ても覚めてもその子のことしか考えられなかったり、ちょっかいを出したくなったり。これまで一度もなかったわけじゃねぇだろう?」

「留ちゃんはあるの?」

「ばかやろう、恥ずかしいこと言わせるなよ。あるに決まってるだろう。平ちゃんはないのかよ」

「……うん、あまり、そういうことはなかったかも」

「へぇ」と、留助は、物珍しいものを見る目つきで、平太のことを眺めてくる。

「平ちゃんは奥手なんだなぁ。まぁ、そうか、いままで上州《じょうしゅう》の山奥でひとり殻《から》に閉じこもっていたんだものな。あぁ、悪い悪い、怒るなよ。からかってるわけじゃないんだ。でも、噴火に遭ってから江戸に来るまでは、ほとんど人と話もしなかったんだろう。女の子ともさ」

「それは、そうだけど」

「だから、これからなのかもしれねぇな。きっと近いうちに、桃三の気持ちもわかるときがくるぜ。ぜったいだ」

「ほんとうかなぁ」

気恥ずかしくなって、曖昧に返事をするも、平太の心は乱れたままだ。なぜこんなに動揺してしまうのかはわからない。

桃三の気持ちを、わかりたい気もするし、わかりたくない気もする。

女の子に思いを寄せることが、楽しいことなのか、切ないことなのか。よくわからない。亡き妹のことを懐かしく思ったり、かつての仲間、おみえの姿に見惚れることはあっても、留助が言うように、寝ても覚めてもその子のことしか考えられない、というほどではない。いっぽう、おゆうの態度を見ていても、思いを寄せられることが嬉しいのか、そうでないのかもわからなかった。心が千々に乱れ、かつ想った相手に迷惑がられるくらいなら、いっそ、そんな気持ちなど知らなくてもよいと思ってしまう平太だった。

ところが——。留助が言った「近いうち」は、存外早くやってきた。

桃三がせせらぎ庵にやってきてから数日後。せせらぎ庵に、通う者がさらにひとり増えた。ただし、今度は筆子ではない。千世を手本に手習い師匠になりたいという、十八になる娘がやってきたのだ。

「はじめまして、木村《きむら》しづ、と申します」

筆子たちの前で、丁寧《ていねい》に頭をさげたのは、小柄ながらふくよかで、両頰にできるえくぼが可愛らしい娘だった。春めいた淡い藍《あい》の着物がよく似合っている。目元や眉の表情、やや高く軽やかな声は、周りの人間をも明るくさせる魅力がある。

　しづを、千世があらためて皆に紹介した。

「しづさんは、伝通院《でんづういん》の近所で医者をしている木村義春《よしはる》さまの姪御《めいご》さんで、知人からの伝手《つて》でいらしていただくことになりました。ゆくゆくは、手習い師匠として独り立ちしたいと考えていらっしゃるのですよ」

　手習い師匠を目指しているというしづは、筆子たちに向かって潑剌《はつらつ》と名乗る。

「このたびご縁ありまして、しばらくのあいだ千世先生のもとで手習い師匠の見習いとして通わせてもらうことになりました。皆さんとおなじ筆子ということになりますね。至らぬこともありますが、どうぞよろしくお願いします」

　明るい声で挨拶をされ、つられて筆子も「お願いします」と元気に返した。

子どもたちの返事を受けて、しづは、心から嬉しそうに笑うのだが、それを見ると、返されたほうも自然と笑顔がこぼれてしまう。

　春の陽気みたいな笑顔だと、平太もまた陶然と見入ってしまった。

　――こんな先生ならば、たくさんの子たちに慕《した》われそうだ。

　などと考えながら、平太がしばしぼんやりしていると、

「はい、聞きたいことがあります、しづ先生！」

と、だしぬけに桃三が手を挙げた。すでに呼び方が「しづ先生」だ。

先生と呼ばれたほうは、嬉しそうに応ずる。

「どうしましたか？　えぇと、あなたは……」

「桃三っていいます。十一になります」

「まぁ、十一歳にしてはずいぶんと大きく見えますね」

「体が大きいことだけが取り柄みたいなものなんだ。あとは声も大きいことと、風邪《かぜ》をひかないことと、喧嘩が強いことかな。他はからきしだめだけどね」

「まぁ、喧嘩はあまり褒《ほ》められたものではありませんが、体が丈夫なのは良いことですね。さて、聞きたいこととは何ですか」

「しづ先生は、どうして手習い師匠になりたいんだい？」

まずは誰しもが気になることかもしれなかった。若い娘で、医者の縁者だ。しかも文句なしの美人である。年ごろや家柄、容姿からいっても、本人の性格に難がないかぎり、嫁入りの話は絶えないはずだ。それをあえて取り合わず、手習い師匠になりたいと願うのはなぜだろうか。

しづは、淀《よど》みなくはっきりとこたえた。

「千世先生の生き方に、とても感銘を受けたからですよ。己のことだけではない、誰かのためになる、素晴らしい生き方をなさっていると思うからです」

すこし難しかったのか、質問をした桃三も、ほかの筆子もぽかんとしている。

つづいて挙手をしたのが留助だ。

「ねぇ、それって千世先生みたいになりたいってことかい？　でも、千世先生はおっかないぜ。町中でも評判だ」

「こら、留助、よけいなことは言わない」

おもわず千世が制止しようとするが、それを聞いてひとしきり笑ってから、しづは留助の質問にこたえる。

「ほんとうは、そんなことはないのでしょう。皆さんの顔を見ていたらわかりますとも。みんな千世先生のことを恐い、厳しいと言いながらも、ちっとも嫌そうではないじゃないどころか、慕っているじゃありませんか。ほんとうに恐いと思っていたら、先生の目の前でそんなこと言えないでしょう?」

言われて、留助はしばし考え込んだ。それでも、「やっぱり恐いものは恐いよな」とまわりに呼びかける。ほかの筆子たちもうなずいた。

「だって千世先生は、怒ると薙刀《なぎなた》を振り回すし」

「おでこ鉄砲だって痛いもんね」

「その厳しさも、みんなのためを思えばこそではありませんか。親身になってくださっている証《あかし》。千世先生のお姿からも、手習い師匠に、やりがいを感じていらっしゃるのが伝わってまいります」

しづがあまりにも賞賛するので、千世は「そんな立派なものではありませんよ」と、すこし困り顔をしている。

しづは、それでもなおつづけた。

「いいえ、千世先生はご立派です。本来ならば、旗本のご妻女として、隠居後は悠々自適に過ごすことだってできるはずなのに、市井《しせい》に出て、世の中にしっかりと貢献なさっている。わたしも、そんなふうに役立つ人間になりたいのです。自分の行いにやりがいを感じられる、そんな生き方をしてみたい」

千世こそ、理想の女性の姿。手習い師匠は、きっとやりがいが感じられるものだろう。そう信じて手習い師匠見習いをはじめた木村しづだったが。

はたして、手習い師匠として相手をする子どもたちは、しづの思いに反して一筋縄ではいかない。

皆の前で挨拶をした、あくる日。見習いをはじめて一日目にして、そのことが身に染みてわかってきた。

まずは手習いに入る前の準備がとんでもなく忙しい。

たった九人とはいえ、せせらぎ庵では、筆子ひとりひとりに合わせた手本を用意したり、個別に指南方法を考えるので、ときには当日の朝方まで準備をすることもざらなのだ。しかも、それが毎日のことなので気を抜く間がほとんどない。

くわえて、せっかく用意したものの、子どもたちがすぐに取り組んでくれるかというと、そうでもない。子どもたちは、まずじっとしているのが苦手だし、指南が思う通りに進まないことがほとんどだ。進まないのは、問題や解答に納得できないのか、あるいは内容がわからないのか、たださぼっているだけなのか、見極めるのも骨が折れた。わからないのなら指南方法を変えていかねばならないし、さぼっているのなら注意をしなければいけない。叱り加減も、緩すぎても行き過ぎてもいけないので、さじ加減が難しかった。

九人九様、相手の仕方も様々だ。

「こんなことを、千世先生はたったおひとりで毎日つづけていらっしゃるなんて」

一日の手習いが終わって子どもたちを帰したあと、すぐに翌日の手本作成にかかる千世を見て、しづは畳の上にへたりこんだ。

この日は、例によって桃三が机の前でじっとしていられず、千世やしづの目を盗み、おもてに飛び出して行ってしまったので、桃三との追いかけっこをさせられたばかりだ。

おもてに出て桃三を捕まえたしづが、

「どうして外へ出たの」

と問いただすと、昼前に腹が減ったので帰ろうと思ったのだと聞かされ、己の常識ではかることができない子どもの行動に、呆気にとられるしかなかった。

午後は午後で、算術以外に興味をしめさない亀三にほかの手習いをさせようとしたり、おしゃべりばかりしている茂一と弥太郎に注意をしたり、おさととおゆうの女の子ふたり組が自分に返事をしてくれないので落ち込んだり、さまざまなことが起こりすぎて、どこから解決すればよいのかもわからなくなっている様子だ。

疲労困憊《ひろうこんぱい》で頽《くずお》れたしづに、平太は台所で冷たい水を汲んできて手渡した。

「ありがとう、平太」と、それをいっきに飲み干すと、しづは、文机に向かっている千世に、涙ぐみながら問いかけた。

「千世先生、教えてくださいませ。どうしたら子どもたちに言うことを聞いてもらい、落ち着いて手習いを受けてもらえるのでしょうか。わたしにいけないところがありましたか」

「何も泣くこともないでしょうに」

と、千世はいったん筆を動かす手を止めてから、苦笑いをしつつこたえた。

「子どもたちの行いは、一見、思うがままで向こうみずのようですけど、あの子たちなりの理由があるし、いずれわかりますよ。自分ならばこうするという考えはいったん忘れて、子どもの身になってみるのはどうですか」

「あの子たちの身に……？」

「そう、指南してあげるという姿勢ではなく、あの子たちの目線に立ってみるのです」

もっとも、と千世はつけくわえる。

「子どもたちも、急に若くてきれいな先生がいらしたので、まだ戸惑って素直になれていないだけかもしれませんよ。特に平太や女の子たちは……ね、平太」

「えっ？」

部屋の片づけをしながら千世としづの会話を聞いていた平太は、急に話を振られて飛び上がった。

「そうなのですか?」と、涙目のしづに見つめられて、平太の頬は自然と熱くなっていく。

「ど……どうでしょう。おさとちゃんやおゆうちゃんの気持ちはわかりませんが、そうですね、言われてみればたしかに。しづ先生みたいな年ごろの女の人とはあまり話をしたことがないので、筆子たちもどう接していいのか、まだわからないのかもしれません」

「どうしたら打ち解けてくれますか」

しづが、平太のほうに膝《ひざ》を進めてきた。淡く化粧をした美しい顔が迫ってきて、おもわず平太は後ずさりをしてしまう。その様子に、しづがふたたび哀しい顔をしたので、平太は慌てて元気づけるように言った。

「とにかく、いずれ筆子たちも慣れると思いますよ。しづ先生が来て、まだ三日も経ってないじゃないですか。千世先生がおっしゃった通りに接していれば、いずれ、筆子のほうから歩み寄ってくれるかもしれません」

「では平太は、わたしのことを嫌ってはいないのですね?」

「嫌いなわけないです!」

自分で思うより大きな声を出してしまった平太は、こたえてから、たちまち赤面してしまった。

しづが「よかった」と胸をなでおろす横で、千世がもの言いたげにくすくすと笑っている。

恥ずかしさのあまり穴があったら入りたい心境になった平太ではあったが、しづが「せせらぎ庵を辞める」と言い出さなかったので、今日のところはひとまずよかったと思うことにした。

翌日からも、相変わらずしづは忙しそうで、目の前で起こることとの対処で手一杯な様子ではあった。それでも、すこしずつ落ち着いて、子どもたちの相手ができるようになりつつある。

桃三が起こす突飛な行動に対しても、慌てふためくばかりではなく、なぜそれをしてはいけないのか、丁寧に説明をはじめていた。この日も手習いを途中でやめて勝手に帰ろうとしたところを捕まえて、

「手習いだけではなく、仕事をするときのことを考えてごらんなさい。あなたが任された植木の仕事をほうって勝手に帰ってしまったら、植木が枯れてしまうかもしれないし、まわりの仕事が滞《とどこお》るかもしれないし、そうしたらお金がもらえなくなり、自分ばかりではなく周りの人たちが困ってしまう。親方や職人さんた

ち、その人たちの家族、みんなが食べていけなくなってしまうの。そんなことになってほしくないでしょう。だから自分だけの都合でふるまってはいけないのですよ」

と、桃三が植木職人のもとで下働きをしていることを例にして納得させた。

おしゃべりばかりの茂一と弥太郎に対しても、ふたりが何に興味があって、どんなものが苦手で、どんなものをこなせるようになりたいのか、よくよく話を聞いて、彼らにやりがいのある手本を用意すると約束をした。

自分を無視する女の子たちに対しても、しづは根気よく話しかけた。ただ話しかけるだけではなく、はじめは施していた化粧を落とし、着物もおとなしい色合いのものに変えた。口調もすこし砕けたものにしていくと、やがて女の子たちも、遠慮がちながら会話に応じてくれる。

女の子たちと笑いながら話をはじめたしづの姿を見たとき、平太もまた心から嬉しくなった。

しづの表情にも、安堵と嬉しさが滲《にじ》み出ていたからだ。

すこしずつではあるが、しづは、子どもたちと打ち解けていった。

ことに桃三はすっかりしづに懐き、桃三らしく、あからさまに賞賛する。

「なぁ、しづ先生っていいよな。ちょっと口うるさいけどさ、でも熱心に指南してくれるし、なんといっても綺麗だし。平ちゃんもそう思わないか？」

「う、うん、そうかもしれないね。熱心さはわかる。手習い師匠に向いているかもしれないね」

「あはは、平ちゃんはそういうところしか見てねぇんだもの」

そんなことはない、と口に出しそうになって、平太はあわてておしとどめた。

たとえお化粧をしていなくても、地味な装いであったとしても、しづの美しさはちっとも損なわれていないと平太は思っていた。

だが、そんなことよりも、やはり熱心に子どもの相手をしているしづの姿は、見ていて嬉しくなるし、自分の手習いにも力が入る。

――ずっと、せせらぎ庵にいてくれたらいいのに。

いつかは、しづが見習い期間を終えて去ってしまうであろうことを想像し、すこしだけ胸の痛みを感じる平太だった。

「しづさんは、うまくやっているかしら」

「なかなか可愛らしい方ですね。はじめはぎくしゃくしていましたが、いまでは子どもたちともすっかり馴染んでいますよ」

しづがやってきて半月ほどが経った日の夕暮れ時のことだ。いろは長屋の家主の妻であるおよねと、工藤綾という武家の女性が、連れだってせせらぎ庵を訪ねてきた。およねは普段から千世の茶飲み仲間であり、年明け早々に起こった盗人騒ぎでも深くかかわったので、平太ともすっかり顔馴染だ。もうひとり、工藤綾という女性にも、平太は一度だけ会ったことがある。先月催された、中村仲蔵の引退興行に、千世やおよねとともに出かけた女性だった。

茶の支度をしてから、平太は千世の私室を訪ねた。

三人の女性が寄り集ってすでに談笑しているのだが、平太はひとりひとりを見比べる。いずれも美しいが、各々個性があった。

千世は相変わらず背筋が伸びていて凛《りん》とした美しさ。およねは、いつも微笑を絶やさない丸顔が可愛らしく、いかにも優しげである。いまひとりの綾は、目が覚めるほど端整な顔立ちながら、たたずまいに隙がなく、どことなく近寄りがたくも感じる。それでも、平太が茶を差し出すと、「ありがとう」と、表情をすこし緩め、かすかに笑みを覗かせてくれる。その表情がとてつもなく美しく、平太はおもわず頬があつくなった。

平太に笑いかけた綾が、さらに話を差し向けてきた。

「そうだ、筆子さんの意見も聞いてみたいわ。平太さんたちは、しづさんとうまくやっていて？」

「は、はい」と、熱い頬をおさえながら平太は大きくうなずいた。

「きかん気な子どもたちが相手で、すこし大変そうではありますが、懲《こ》りずに熱心に指南してくださいます」

「ならばよかった。いえ、じつはね。しづさんを千世先生におまかせしたのは、わたくしなのです。迷惑をかけていたら申し訳ないと思っていたところでしたよ」

工藤綾は、仙台藩江戸詰の藩医、工藤平助《へいすけ》の娘だ。二十五歳になる。藩医であった父のもと、医術はもとより蘭学や漢学などにも精通しており、知識を買われ、藩主の娘・詮子のもとに仕えていた。ところが先年、詮子が若くして夫を亡くして剃髪したために、自らもつとめを辞することになった。その後は、市井の娘たちに、奥勤めの体験談を伝えたり、行儀作法の指南をしているのだ。

綾の実家工藤家と、千世の婚家である尾谷家とは旧知の間柄で、千世が市井に出たあとも、ときどき会っている。

こうした縁で、千世を信頼している綾が、木村しづを預かってほしいと頼んだというのだ。

「しづ先生は、綾さまにとって、どのような方なのですか?」

「あら、しづさんは、もう先生と呼ばれているのですね。結構なことです。ええ、そのしづ先生ですが、わたくしの妹も同然なのですよ」

綾の父親は、仙台藩江戸詰の藩医。しづの叔父もまた町医者。医者どうし、両者は古くから交流があり、綾は、しづのことを実の妹のようにかわいがってきた。しづもまた、綾のことを慕っており、奥勤めをしてきて、くわえて蘭学や漢学にも通じ、いまだ嫁《か》することもなく市井の娘たちに指南をしている綾の姿を間近で見てきて、

「わたしも綾さまのように、ひとりで生きていける術《すべ》を身につけて、やりがいのあることをしていきたい」

と思い立ったらしい。

そして、叔父の弟子であり、許嫁《いいなずけ》でもある同年の若者との婚儀が決まっていたのを、一度は反故《ほご》にして、外へ見習いに出ることに決めた。生き方を見つめ直したいと思い立った。

「それで、しづ先生は、千世先生のもとへ？」

「そうなのです。わたしは主に行儀作法を教えていますが、千世先生は、子どもたち相手に読み書き算盤を指南していらっしゃる。しづ先生は、そちらにやりがいを見出したらしいですね」

今後のことを綾に相談していたしづは、夫を亡くしたあとに市井に出て、手習い所を開いている旗本の妻女——つまり、鬼千世先生の話を聞かされ興味を抱いた。他所で見はなされた子でも受け容れる姿勢と、己の信念を貫く生き方とが、しづの指標となったのかもしれない。

そこで千世と綾はよくよく話し合い、せせらぎ庵で、しづを受け容れることにしたのだ。

「夫婦約束をした方もいたので、ほんとうによいのかと、しづ先生にも何度か意思をたしかめたのですが、どうにも本人が熱心に望むので。お忙しい千世先生にご迷惑かと思いながらも、お願いしたのですよ」

「そうだったんですね……」

「手習い師匠の大変さをじかに感じ、しばらくしたら諦《あきら》めて家に帰ることも期待しましたが、筆子に慕われているならなおさら、当面戻ってくることはなさそうですね」

それもひとつの道でしょうが——と、しみじみと語る綾へ、「綾さま」と、お茶をひと口飲んでから、およねが気がかりそうに尋ねた。

「綾さまは、しづ先生に家に戻ってほしいとお思いなのですか？」

「どうでしょう」と、綾はしばらく考え込んでしまう。

「もちろん本気で手習い師匠として身を立てたいのならば、口を挟むことなど何もありません。ですが、ただわたくしや千世先生に倣《なら》って、勉学をつづけることや、独り立ちすること、ただそれだけが望みならば、しづ先生本人のためにもならない気がします。何より、彼女につく筆子に迷惑がかかるのではないでしょうか」

「難しいですわねぇ」

「ええ、ほんとうに。とにかく、いますこし千世先生にお願いするしかありません。許嫁《いいなずけ》のこともありますし、これからどうするのか、じっくり考える時が要るでしょうから」

茶のおかわりを淹れる平太にも、綾たちの話は難しく感じられた。しづは、これからどうしていくのだろうと考えてしまう。

平太は、横目で、千世の表情を覗き見た。

千世はいつもとかわらず、涼しい顔で綾たちの話に耳を傾けている。

独り立ちしたい、勉学をつづけたいという、しづを受け容れた千世は、いったいどう考えているのだろうか。しづのことを本気で手習い師匠にしたいのか。あるいは、つかの間受け容れただけなのか。千世の表情からは読み取ることができない。

——しづ先生は、やっぱり、すぐにいなくなってしまうかもしれない。

じつは平太は、そのことが一番気になっていた。

ずっと、せせらぎ庵にいてほしいとも思うが、いましがた話にのぼった、許嫁のことも気にかかる。しづに夫婦約束をした相手がいることを知ってひどく動揺している。

気がかりと胸の痛みとを、同時に感じる平太だった。しづが手習い師匠にならなくても、いずれは、せせらぎ庵を去るときがくる。わかっていたことだが、やはり寂しく感じるものだ。

この日、しづが貸してくれた医術書に目を通し、一日の手習いを終えた平太は、夕刻前に、千世に申し渡されたお使いに出かけることになった。お使いのあいだも、しづがいなくなることばかりを考えてしまい、帰り道も足取りが重い。せせらぎ庵へとつづく坂道をようやくのぼりきったところで、門前に、見慣れない人物が立っているのを見た。

「はて、誰だろう」ともう少し近づいてみると、せいぜい二十歳くらい、総髪《そうはつ》を結《ゆ》いあげた慈姑頭《くわいあたま》に、筒袖《つつそで》の単衣《ひとえ》と袴姿という恰好《かっこう》の若者が、門をくぐろうかくぐるまいか逡巡《しゅんじゅん》している姿があった。だが、若者は門に手をかけたところで、気持ちが萎《な》えたのか、すぐに手を引っ込めて引き返そうとしてしまう。その姿がいかにも哀しげで、平太はつい声をかけてしまった。

「あのぅ、せせらぎ庵に御用でしょうか」

「わっ」

平太が声をかけると、門の奥を覗いていた若者は、文字通り飛び上がった。尻もちまでつきそうになるのをかろうじて堪えて、平太のほうに向き直る。

「こ、こんにちは……いや、そろそろこんばんは、ですかね」

「えぇ、こんばんは。ここはせせらぎ庵という手習い所ですが、今日はもう手習いは終わって子どもたちは帰りましたよ。千世先生ならいらっしゃいますのでお呼びしましょうか？」

「千世先生……あぁ、そうか……しづさんが見習いをしているお師匠さまですね」

「しづ先生のお知り合いですか？」

――あ、もしかして。

平太はすぐにぴんときた。どうやら、若者はしづの知り合いらしく、しづに会うためにせせらぎ庵を訪ねたのだろう。年恰好からして、先日、千世たちの話に出た、しづの許嫁だという若者ではないだろうか。そこまで平太は想像を巡らせた。

やや胸が苦しくなるのを感じながらも、平太は笑顔で応じる。

「もしかして、木村義春先生のお弟子さんという方ですか？　しづ先生の許嫁だっていう」

「どうして、そのことをご存じで？」

やはりそうだ、と思う平太の前で、しづの許嫁だという若者は目を白黒させていた。

その様子を見て、平太はやや戸惑いをおぼえていた。子ども相手にも腰が引けていて、痩せぎすで弱々しい。こんな頼りなさそうな若者が、ほんとうに、しづの夫としてふさわしいのだろうか。普段は決して口にしないのだが、このときは、複雑な感情がむくむくと湧き上がってきてしまい、すこし意地悪を言いたくなってしまった。

「あなたは、しづ先生との夫婦約束はいったん反故になさったんですよね？」

「……いや、反故とはっきりと決まったわけでは」

「でも、しづ先生は手習い師匠になるために家を出てきた」

「事情をよくご存じなのですね」

「しづ先生のお知り合いである、工藤綾さまにお聞きしたんです」

「あぁ、綾さまが……なるほどそうでしたか。お恥ずかしい」

恐縮しきりに身を屈《かが》めながら、若者は、善次郎《ぜんじろう》と名乗った。

「わたしは木村義春先生のもとで、医者見習いをしております。義春先生が、しづさんのことを気にされているので、すこし様子を見に行こうと思ったのですが」

しづのことが気になるのは、しづの叔父である木村義春というよりは、むしろ善次郎のほうだろう。見え透いているにもほどがあるので、平太はますます意地悪な気分になる。

「しづ先生は、日々、手習い師匠の見習いを頑張っておられますよ。筆子たちともすっかり打ち解けて、あの方は、手習い所を切り盛りするのに向いているのかもしれませんね」

「そ、そうでしたか。ならば安心しました」

安堵とも落胆とも取れる苦笑いを浮かべた善次郎は、「よかった、よかった」と己に言い聞かせるように、何度も頷《うなず》いていた。やがて、平太に歓迎されていないことを悟ったのか、あるいは、しづの近況を聞いて納得したのか。せせらぎ庵に立ち寄ることなく暇《いとま》を告げた。

「しづ先生をお呼びしなくていいのですか？」

「いえ結構です。様子伺いなど、いらぬお世話でしたね。これでお暇いたします。しづさんのことを教えてくださってありがとうございました」

「いえ、お構いもできませんで」

平太はあえてこのとき、善次郎を引き留めることはしなかった。

力なく肩を落とした善次郎が、坂をとぼとぼと下っていくのを見送りながら、

「すこし意地悪が過ぎたかしら」と平太は罪悪感を覚え、痩せた若者の後ろ姿を

追い掛けた。

結局、しづには会って行かないという善次郎を見送るため、平太は門前の坂道を肩を並べて歩き出す。やがて神田川のほとりまでやってきて、いったん立ち止まり、夕暮れに染まる川面を眺めながら、ぽつりぽつりと会話を交わした。

「わたしとしづさんとは、幼馴染なのです」

「はい、そう聞いてます」

「あの人は昔からしっかり者で、わたしは幼いころ体が弱かったから、熱を出しては看病してもらい、近所のがき大将に苛《いじ》められれば、その苛めっ子たちを追い払ってもらったりしていました。同い年ではありますが、あちらが頼りになる姉さんといった具合でした」

言ってから、善次郎は頭を掻いた。「わたしときたら、まったく頼りにならない男ですね――」と自嘲気味に笑っている。

「こんなわたしが、しづさんと夫婦約束を交わすことができるなんて思っていなかった。義春先生の口利きで決まったことではありますが、とても幸せでした。いや、有頂天だったと言ってもいい。しづさんだって、わたしが相手なら気心も知れているからよいと、一度は納得してくれましたが、それがある日……」

いっときは有頂天だったという善次郎が、ますます肩を落として話をつづける。

「しづさんに言われたのです。善次郎さんだけが、思うままに生きられて羨ましい、医者の修業ができるなんて狡《ずる》い、と。羨ましいとか狡いとか、わたしには、どういうことなのか、さっぱりわからなくて。何も言えずにいると、やがて彼女は義春先生の家を出て行ってしまいました」

「善次郎さんだけが思うままに、ですか？」

「ええ。わたしが医者の修業に没頭しすぎたのがいけなかったのでしょうか」

平太には、どことなく、しづの気持ちが理解できた。しづは、善次郎とおなじく勉学をつづけたかったのではないか。だから羨ましいと言ったのではないか。

だが、それであれば、善次郎に落ち度はないはずだ。先ほどまでは、善次郎に対しすこし意地悪な気持ちでいたのだが、わけもわからず遠ざけられてしまった若者に、同情が湧いた。

くわえて、こうも思う。善次郎本人が言ったとおり、医術の修業に没頭しすぎているのであれば、そこまでのめり込む修業とはどのようなものか。ふと興味が湧いてくるのだ。

するりと疑問が口をついて出た。

「お医者の修業というのは、しづ先生のことを忘れるくらい、忙しいものなのですか」

尋ねた平太のほうに、川面を見つめていた善次郎が視線を動かしてきた。つぶらで、間近で見ると意外なほど澄《す》んでいる善次郎のまなざしを向けられ、平太は一瞬ひるんでしまった。

「……変なことを聞いてしまって、すみません」

「いいえ、構いませんよ。そうですねぇ、忙しいというか。患者さんたちと接していると、あっという間に一日が終わります」

「やりがいがあるのですね」

「はい。まだ義春先生のお手伝いしかできませんが、己のやれることに関しては、精一杯手を尽くしているつもりです。もちろん、忙しいからといって、しづさんのことを忘れているわけではないのですが」

平太の問いかけにこたえる善次郎の顔からは、いつしか弱々しさが消えて、はじめて自信らしきものが垣間見えた。子ども相手にも敬語を崩さない相手、それまで頼りないとしか見えなかった若者が、ぐっと年上に見えてきた。

「毎日、どんなことを……いえ、すみません。しつこくてすみません。忙しいのに引き留めてしまって」

質問を途中でやめてしまった平太に対し、善次郎が逆に問いかけてきた。

「もし興味があれば、今度、義春先生の養生所に見学にいらっしゃいますか」

「いいんですか？」

「もちろん。義春先生はお忙しくしてますが、ざっくばらんなお人柄ですから、歓迎してくださると思いますよ。ただし、なにせ毎日忙しいもので、もしかしたら手伝いを言い渡されるかもしれませんが」

「構いません。ぜひ、お願いします」

はっきりとこたえた平太の胸中は、しづの許嫁だった若者がどれほどのものか、見定めてやろうという気持ちもある。

だが何よりも、医者とは日々どのような暮らしを送っているのか。医術の修業とはいかなるものか。そのことに興味が湧いてしまって、気持ちを抑えられなかった。

偶然に出会った医者見習い善次郎に誘われ、平太は、善次郎が修業している場所——小石川《こいしかわ》伝通院近く、白壁町《しらかべちょう》にある「木村養生所」を訪ねることになった。

平太が見学に行く直前まで、しづはあまりいい顔をしなかった。数日前に、善次郎が訪ねてきたのは、自分を連れ戻しに来たと勘繰《かんぐ》っているのだ。

いっぽうで千世はというと、

「いい機会ですから、じっくりと見学をさせてもらいなさい」

と、一日だけ手習い免除の許しを出してまで、平太を送り出してくれた。

握り飯ふたつを入れた包みを腰にぶらさげ、早朝に、平太はせせらぎ庵を発つ。神田川を渡り、川沿いを東へ、春日の安藤坂《あんどうざか》から伝通院の方角へ進むと、やがて白壁町に辿り着く。あとはしづに教えてもらったとおり、木村義春の養生所を目指した。

「木村養生所」と看板が立てかけられた門前に立ち、平太は深呼吸をする。

門をくぐり、小砂利を敷いた道を行くと、しもた屋を改築したという養生所の玄関に踏み入り、「ごめんください」と遠慮がちに声をかけた。

「いらっしゃい、平太さん」

平太の小さな呼びかけに、廊下の奥から善次郎が飛び出してきた。

筒袖と袴という相変わらずの恰好で、右手には木桶、左手には幾枚もの晒《さらし》を抱えながら、平太を奥へと招き入れる。

「ささ、そこの棚に草履を入れて、どうぞおあがりください。義春先生は奥にいらっしゃいますよ。今日、平太さんが来ることは伝えてありますから」

あわてて言うと、善次郎はすぐさま廊下を引き返していった。

平太もついていくしかない。

渡り廊下を右へ曲がったところに溜まり場があり、そこにはすでに幾人かの老若男女が座していた。通いの患者であろうか。具合が悪そうにうなだれている者や、体の痛みに顔をしかめている者もあるが、一見すると元気そうに井戸端会議をしている者もいる。いずれも、廊下をわたってきた善次郎を目にすると、どことなくほっとしたまなざしになるのが印象深かった。

「お待たせしております、皆さん。ひとりずつ順番にお呼びしますからね」

言いながら、善次郎は廊下のとっつきにある部屋の障子を開けた。

腰高窓《こしだかまど》から日がよく降り注ぐ部屋だった。およそ八畳間くらいだろうか。板敷に莫蓙《ござ》が敷いてある部屋の周囲には、ぐるりと三段の戸棚がしつらえてあり、それぞれ引き出しには札が貼ってある。どの薬がどこに仕舞われているのか、わかるようになっているのだろう。

本来は広々とした間取りだろうが、薬を仕舞った戸棚に囲まれているので、部屋はひどく狭く感じられた。やや圧迫されそうな部屋のまんなかに、小柄な壮年の男が陣取っている。白っぽい筒袖に袴姿というのは、善次郎とおなじだ。

男は、ひとりの老婆と向き合っており、

「野良《のら》仕事は息子や嫁にまかせて、もうちょいと腰を労《いたわ》らないといけねぇよ」

などと伝法口調で雑談を交わしていた。口を動かしながらも、手近な戸棚から薬の包みをいくつか取り出し、床に置いてある薬研《やげん》や乳鉢《にゅうばち》に、薬を目分量で放り込むと、砕いたり練《ね》ったりと調合をはじめている。

「おぅ善次郎」

作業しながら、男は部屋に入ってきた善次郎を呼び止めた。

「いま練った薬を、おかつさんの腰に貼《は》ってやっておくんな」

「はい、義春先生。ただいま」

善次郎が「義春先生」と呼んだ壮年の男こそが、この「木村養生所」の主である、木村義春その人だ。しづの叔父でもある。

義春は、部屋の入り口に立ちつくした平太には目もくれず、つぎの患者を大声で呼んだ。

右足の甲に血の滲《にじ》んだ晒を巻いた男が、同僚らしき男ふたりに担がれて入ってくる。大工の男が釘を踏み抜いてしまったとかで、痛みのあまり涙目になっていた。

義春は血の滲んだ晒をはがし、男の足を覗きこんだ。

「おうおう派手に踏み抜いたな。釘は自分で抜いたのか？」

「ひでぇんですよ、先生。痛ぇって言っているのに、こいつらがおれを羽交《はが》い締めにして釘を無理やり引っこ抜いたんだ」

「あっはっは、まぁ無事に抜けたならよかったじゃねぇか。ただし、つぎに踏み抜いたときには、おれがもうちょっと優しく抜いてやるからそのまま来いよな」

「もう釘を踏み抜くなんて御免だよ」

老婆に湿布を貼りおえた善次郎が、義春に命じられるままつぎの薬を調合し、怪我をした男の足に塗りたくる。患者は「しみる」「痛ぇ」の大騒ぎだが、治療は見事で、あっという間に血はとまり、晒をきれいに巻き直してすぐに放免だ。

「しばらく無理するんじゃねぇぞ」

「ありがとうよ、先生」

大工たちが帰ったあとも、熱を出した幼い我が子を抱いてきた若い母親や、激しい腹痛を訴える若者、臨月が近い妊婦、足腰の痛みを訴える年寄り、雑談をしに来ただけといった常連など、つぎつぎと的確に応じていく。義春のかたわらにはつねに善次郎が控えており、薬を渡したり、湯を運んで来たり、晒を追加したり、汚れものの後始末をしたりと、先を見越して、命じられる前に動いていた。

きびきびと動く善次郎の姿に、しづを気にして追いかけてきた弱腰さは微塵《みじん》もない。部屋のすみで、義春と善次郎の姿を、平太は時が過ぎるのも忘れて見入っていた。

やっと患者が引いたのが、午後もだいぶまわってからだ。

昼餉をとる暇もないほどの目まぐるしさだった。


診療が一段落したところで、我に返った平太は、ふたりに「お茶を淹れます」と、あわてて申し出た。

「茶を淹れるのは、すこし得意なんです」

診療の様子に見入るばかりで、すこしの手伝いどころか、手も足も出なかった平太は、せめて何かをしなければという思いで、主の返事を待つこともなく、よそさまの台所へすっ飛んで行って、勝手に道具を使って茶を淹れはじめた。はじめて入る台所だが、男所帯でものが少ないので、道具の場所もすぐにわかった。

台所わきの居間に移動してきた義春たちは、平太が勝手に台所を使ったことには苦言を呈さず、それどころか、平太が淹れた茶を飲み干し、「あぁ、美味《うま》い」と、お褒めの言葉までかけてくれた。

すっかり嬉しくなった平太は茶のおかわりを淹れるのだが、そこでようやく勝手をしたことに気づいて、あわてて頭を下げた。

「あいすいません、勝手に台所を使いまして」

「いいってことよ」

木村義春は陽気に笑いながらこたえた。

「得意だと言うだけのことはあるし、忙しく立ち回ったあとの茶は格別だ。なぁ善次郎」

「はい、生き返ります」

「申し遅れたが、おれがこの養生所を切り盛りする、木村義春だ。あんたが、しづが世話になっているせせらぎ庵の居候だろう。善次郎から話は聞いているよ」

「はじめまして、平太といいます。今日はお邪魔いたします」

「医者見習いってのがどんなものか、見てみたかったんだって？」

「はい」

「はじめて見て、どうだった?」

「すごいですね」

思い出すだけで胸が熱くなり、平太は「すごい」としか口にできなかった。

「様子が違う患者さんがつぎつぎとやってくるのに、義春先生はためらうことなく応じていらっしゃる。戸惑うところなどひとつもない。どんな些細なことでも適当にあしらうことがない。ここに来る皆が先生を頼りにしているのがわかりますし、診立《みた》てが終わったあとは、皆、とても安堵して帰っていく。どんなに苦しくても痛くとも、先生に一度診てもらえさえすれば大丈夫なのだと、信頼しているのがわかります」

「嬉しいこと言ってくれるじゃねぇか」

二杯目の茶も飲み干してから、義春は満面の笑みをみせた。見るものを安堵させる表情だ。

「おれが診ればひと安心。そう言ってもらえるのが嬉しくて、ひたすら町の人たちを相手にしてきたんだからな。いや、もともとは本道《ほんどう》つまり内科の医者だったのだが、近頃じゃ外科も産科も診ている何でも屋ってところか。手に余ることが起これば、信頼のおける知り合いの専門医や産婆に託すってわけだ。あとは、この善次郎がいてくれるから、どうにか回していけるってところだな」

義春に褒められると、「めっそうもない」と言いながらも、善次郎もまた嬉しそうに頬を緩めている。

「忙しいということは義春先生の腕がいいという証。そんなところで、ただで見習いができることは、ありがたいことですし、誇らしいことですから」

「まぁ、ここ数年は、姪のしづも手伝ってくれていたから、もうすこし余裕があったんだが、あいつが出て行っちまったからな」

しづの名が出ると、善次郎の顔がすこし曇る。

それを横目で一瞥《いちべつ》してから、義春は平太のほうに視線を戻した。

「ご覧のとおり、毎日が修羅場《しゅらば》の町医者だが。ここを見学したいってことは、おまえさんは医者になりてぇってことなのか？」

小柄な体をぐっと前のめりにさせて、義春は単刀直入《たんとうちょくにゅう》に尋ねてきた。

大きくてよく動く相手の目には、愛嬌《あいきょう》もあるが、はぐらかすのを許さない力強さもある。

力強いまなざしを受け、ごくりと喉《のど》を鳴らした平太は、ごまかすことをせずに、思っていることを素直に口にした。

「人を助けられる仕事を、生業にしたいという気持ちはあります」

「ふむ」

「ただ、それが医者になることなのか、普段お世話になっている千世先生のように、人を教え導く者になることなのか。人の役にたつものづくりをすることなのか、あるいは、まったくべつの道を選ぶべきなのか。まだ探しているところではあります」

「どうして人助けがしてぇんだい」

平太は、自らが五年前――天明《てんめい》三年に起こった浅間《あさま》噴火の被災者であることを告げた。親と妹を亡くしたことも。生まれ育った土地が壊滅《かいめつ》したことも。生き残った者たちがいまだに苦しんでいることも。己もいっとき心を病み、声を失ったことも。

「一番の心残りは、妹のことです。村に火砕流《かさいりゅう》がなだれこんできたとき、おれは妹と一緒に逃げていたのですが、どこかで手を離してはぐれてしまった。助かったのは、おれだけでした」

悔恨ばかりで、声も失ったことで、生きる希望も持てなかった。だが、その後たくさんの人に手を差し伸べてもらった。だから、いまこうして生かされているのだ。妹を救うことができなかった悔恨は、ほかの人を救うことで、償っていきたいのだと、平太はすべてを打ち明けた。

「おれが人に救われたのとおなじく、おれも誰かを助けられる力を身につけたいと思っています。そして、今日のおふたりの姿を見て、医者というものが、人をより身近に、また直《じか》に助けることができるものだと感じました」

話を聞き終えた義春は、「そうか……あの浅間噴火にな」とつぶやいただけで、それ以上、平太の過去には触れなかった。

かわりに義春は、まわりを安堵させるあの笑みを浮かべて、手に持っていた湯飲みを平太に差し出してくる。

「ならば思う存分見学していくがいいさ。さて、そろそろ午後の患者が来る頃だ。その前に、もう一杯だけ茶をもらおうか」

「は、はい」

義春に乞《こ》われ、平太はもう一度だけ茶を淹れなおした。三杯目も飲み終えた義春は、気合を入れるためなのか、自らの両頬《りょうほお》を叩いてから、いきおいよく立ち上がった。

診療部屋に向かおうとする義春に、平太があわてて声をかける。

「あの、義春先生」

「なんだぃ」

「お願いがあります。おれはまだ手習いを受けている途中で、さほど器用でもないし、人として未熟です。これから何ができるかもまだわかりませんが、ときどき、ここに見学に来てもよろしいでしょうか」

「あぁ構やしねぇよ」と、義春はあっさりとこたえる。

「気が済むまで通ってくるがいいぜ。ただし、千世先生が呆れない程度にな。読み書き算盤だって疎かにしちゃいけねぇよ」

「はい、心得ました。ありがとうございます」

午後もまた、平太は診察を見学した。

その日は夕刻まで患者がちらほらとやってきて、養生所の門を閉めた頃には、すっかり日も暮れかけていた。

一日中患者を診つづけた義春は、「あぁ疲れた疲れた」と言ってすぐに部屋に引っ込んでしまい、善次郎が、平太を途中まで送ってくれることになった。

夕陽に照らされた神田川を目指して歩きながら、善次郎は平太を労《ねぎら》ってくれた。

「一日、大変だったでしょう。お疲れさまでした」

「とんでもない」と平太は、恐縮しきりにかぶりを振る。

「大変なのは善次郎さんの方ですよ。患者さん、ひっきりなしでしたね。ほんとうにお疲れさまでした。いつもあんな具合なのですか？」

「そうですねぇ、だいたいあんなものです」

「すごいなぁ……」

「すごいのは、義春先生です。すこし休んで、この後往診にも行くんですよ。正直、わたしにはあそこまでできません。寝食も忘れて、患者さんに己の身を捧げる生き方は」

「でも、善次郎さんは、義春先生につききりでお手伝いをしているじゃありませんか」

「あの方が、わたしの理想ですから。自分は義春先生にはなれませんが、すこしでもいいから、近づきたいと思っています」

善次郎の言葉を聞いて、とっさに平太はこたえていた。

「おれは、善次郎さんみたいになりたいとも、思いました」

そう告げると、「ありがとう、もうここまでで結構です」とことわりを入れ、平太は、善次郎に背を向けて走り出した。

走らずにはいられなかった。

はじめ弱腰な若者に見えた善次郎が、役目を果たす姿を見た。しっかりと人助けをしているさまを見せつけられた。しづにふさわしい若者かどうか見極めてやろうなどと、おこがましい限りだった。

「何をうぬぼれているんだ、おれは」

恥ずかしさのあまり頬が熱くなる。

早く自分も善次郎に追いつきたいと、強い思いが膨らんでいった。

一度目の見学以降、平太は、十日に一度の手習いの休日に、木村養生所に通うようになっていた。

もちろん千世に許しを乞い、

「たまに見学に行くのは構いませんが、ただし朝晩の用事とお使いはかならずこなすこと。何より、いまあなたがやるべき手習いを疎かにしないこと」

との条件つきではあるが。

この日も、正午すこし前に養生所を訪ねてみると、通いの患者はあらかた診療を終えていて、善次郎が後片付けをあわただしくしているところだった。さっそく平太も手伝いをはじめる。道具や桶を洗い、床をぞうきんで拭き清め、汚れた晒や布を井戸端で洗った。じかに患者に触れない仕事ならば、手を出していいと義春から許しを得ていたからだ。

掃除を終えてからやっと昼餉になる。

平太はいつも通り握り飯を持ってきているのでそれを頬張り、善次郎は善次郎で朝炊いたのか昨晩炊いたのか、おひつに残った冷や飯を茶漬けにして流し込む。

食事は、縁側か、縁側に面している善次郎の部屋で取ることが多い。

今日は雨が降りそうだったので、部屋のなかに入った。

畳なしの床板に薄縁《うすべり》を敷いただけという部屋には、窓の下に古びて傾きかけた文机があり、擦りきれた円座がちょこんと置いてある。小さな文机の上には書がみっしりと積まれており、しかも机が傾いているので、いまにも雪崩《なだれ》を起こしそうだ。片づける間もなく、つぎつぎと読むべき書が積まれていくのだろう。

書に囲まれながら昼餉をたいらげた平太は、ひと心地ついたところで、開けはなった障子から顔を覗かせ、空模様をあおぎ見た。

「降りそうで、降りませんね」

「そうですね。では、水やりをしておきましょうか」

おなじく茶漬けを食べ終えた善次郎は、おもむろに立ち上がると縁側へ出て、草履をつっかけて裏庭へと出る。

狭い庭だが、中央には、腰あたりまでの高さがある柵をめぐらせた小さな薬園がしつらえてある。水桶に水をくんできた善次郎は、薬園に入って水やりをはじめた。ところどころ遠慮がちに生えている植物のかたわらには、小さな立て札があるので、雑草に見えてもじつは薬草なのだろう。

平太も裏庭に出て、水やりを手伝いながら善次郎に尋ねた。

「義春先生の手伝いに、薬園のお世話——善次郎さんも忙しいですね」

「いつか独り立ちしたら……いや、できたらの話ですが、薬園もやってみたいので。そのための下ならしみたいなものです」

「独り立ちはいつごろか考えておいでですか?」

「義春先生はいつでもいいとおっしゃってくれているけど、わたしは、まだまだ及ばないと考えているので。あと、二、三年はこのまま……」

いや、と善次郎はかぶりを振った。

「しづさんとの縁談もなくなったし、だったら、このまま義春先生のもとで手伝うのもいいかもしれませんね」

しづの話が出ると、平太もすこし戸惑ってしまう。

いまもしづは手習い師匠の見習いをしていて、筆子たちとも仲良くしている。皆がしづを慕っていた。平太も同様だ。だが、いっぽうで木村義春や善次郎たちのことを知り、あえて彼らから離れ、頑《かたく》なに独り立ちすることが、はたしてしづにとって最善の道なのか。平太にはわからなくなっていた。

正直な気持ちを、善次郎にぶつけてみる。

「しづ先生は、このままでいいのでしょうか。善次郎さんは、あの方に帰ってきてもらわなくていいのですか」

「本人が望んでいるものを、わたしがどうすることもできませんからね」

「でも、しづ先生は、無理をしているんじゃないかって、近頃思うんですよ」

「……………」

水桶の中身がなくなっても薬園に立ったままの善次郎は、押し黙ってしまった。

やがて、屋敷のなかから「おぉい善次郎、誰か来たぞ！」と、義春の呼び声が聞こえてくる。おそらく新たな患者が訪れたのだろう。

「はい、ただいま」

師匠の声に弾《はじ》かれ、水桶と柄杓を地面に置いた善次郎は、あわてて母屋へ駆け込んだ。それに平太もつづく。

平太と善次郎が病室に辿《たど》り着いたときには、そこに、ひとりのお腹の大きな女があがりこんでいた。さて、女自身が産気づいたのかと思いきや、彼女は義春をつかまえて、

「ばっちゃんが、食べ物を喉につまらせちゃったの。助けてちょうだいよぅ」

と、しきりに喚《わめ》いている。

「わかったわかった、すぐに行くから」

「先生こちらを」

義春が命じるよりも先に、事態を察した善次郎は、戸棚から往診用の薬籠《やくろう》を取り出して義春に手渡した。「じゃあひとっ走りしてくるぜ」と薬籠を受け取った義春が、女とともに玄関を出て行くまでが瞬く間。師匠と弟子の阿吽《あうん》の呼吸というやつで、見守っていた平太も、感嘆《かんたん》のため息をついてしまう。

　その日の午後は、義春が往診から帰って来るまでに、風邪っ引きが二人と、梯《はし》子《ご》から落ちて腰を打ったという左官職人がやってきたので、それぞれ善次郎が応急処置をほどこし、義春が帰宅してから念押しの診察を行い、「おおむね善次郎の処置でよかろう」と患者たちを帰した。

　そこで平太は門限になって帰ったが、おそらく二人は、陽が暮れるまでは患者を受け容れるのだろうし、たとえ真夜中や早朝であっても、急病人があれば応じるのだろう。

　平太が見学に行くたびに、木村養生所は目が回るほどの忙しさにみまわれていた。

　この日、養生所を辞する間際、患者のいぬ間に、病室の壁にもたれかかって舟を漕《こ》ぐ義春の姿を見た。おそらくは、毎日忙しくてろくに寝ていないのだろう。よほど疲労困憊《ひろうこんぱい》しているに違いない。

　いつだったか、善次郎が「自分は義春先生にはなれない」と言っていたことを思い出す。人を救いたい意志はあれど、自らのすべてを捧げ、身を削《けず》っていくやり方は簡単に真似できるものではない。患者を一番に考える医者稼業は、思い描くほど楽ではないと、あらためて身に染みる。

同時に、

「しづ先生がここに帰ってくれば、もうすこし皆が楽になるのかな」

ふと、そんなことを考えてしまう平太だった。

ここしばらくの間。週ごと、手習いの休日ごとに木村養生所へ通っていた平太が、つぎの休みの日には見学に行かなかった。

木村義春や善次郎がやっていることを尊敬し、医者にあこがれる気持ちはあるが、同時に大変さにも触れ、心が揺らいでしまったところがある。つまり自信がなくなったのだ。一度、見学を中断して、気持ちを落ち着かせたかった。

そんな平太を見て、千世は何も言わなかった。

休みの翌日には、いつも通りの手習いが行われる。

手習い師匠見習いのしづも、いつも通りだ。相変わらず、一筋縄ではいかない筆子たちを相手にし、子どもたちを帰したあとも、自らも文机に向かい指南書を作る。この日はとくに手こずり、翌朝まで持ち越してしまった。

「子どもひとりひとりに合わせて問答を考えるのも楽じゃないわ。しかも、寝る間も惜しんで仕上げた指南書が、筆子たちの心を動かせないかもしれない。そう思うと不安でならないわ」

翌朝、門前の掃き掃除を終えてから、平太が手習い部屋に戻ってみると、ようやく指南書をそろえたしづが、そう零した。文机の上にそれらを配るしづに、平太は話しかけた。

「しづ先生は、自分が手習い師匠に向いていると思いますか？」

「どうかしら」

「おれは、医者に興味があって、木村養生所に何度か見学に行ってみましたけど、自分には向いてないかもしれないと感じました」

「まぁ、それで一昨日は見学をお休みしたの？」

あれだけやる気だった平太が見学を休んだことは、しづも承知していた。

指南書を配り終えたしづは、ひと息ついてから平太の前に座り直す。

「どうして向いていないと思うの？」

「力がまだまだ足りないと思うから。これからどんなに頑張って手習いをしても、義春先生や善次郎さんみたいになれるのかわからないから」

「わたしもおなじ。まだ力がないから、千世先生のもとで見習いをしている。でも、向いてないなんて考えたくない」

「考えたくない？」

「そう。わたしは幼い頃、幼馴染の善次郎と一緒になって医術のほかに、儒学や漢語を学ぼうとしたことがあった。そうすると善次郎は褒められたのに、わたしは周りからあまりいい顔をされなかった。父からは、叔父の家にもあまり行くなとも命じられた。女が博識ぶるのはよくないと。可愛げがなくなると嫁に行けなくなる。女にそんなものは要らないってね」

「…………」

「一度は父の言うことに従おうとしたし、それでいいのかもしれないと思い込もうとした。でも、綾さまや千世先生が、たくさんの人に頼りにされて、立派に生きている姿を見て、どんなことでもいいから己のやれることを見つけたかった。だから何につけても向いてないとは思いたくないし、不向きなものだったとしてもこなせるよう力をつけたいの」

「なるほど」

平太はうなずいた。しづの生き方もまた、ひとつの道だ。

しづも善次郎も、どちらも一所懸命なのだと思った。

周囲に流されず、独り立ちをするため、よりよい手習い師匠になろうというしづ。

義春先生のようになれなくても、医者を志し、己がやれる限りのことをやろうとする善次郎。

自分はどちらだろうと考える。

五年前の災害で、両親を亡くしたから、妹を救えなかったから、故郷を捨ててしまったから、償いのために医者になりたいのか。

あるいは、たとえ負い目などなくとも、人を救うことができる人間になりたいのか。

己の居所が、どこなのか。いますこしゆっくりと考える時が必要だと思った。


しづとそんな話をしているうちに、廊下のほうから、筆子たちが歩いてくる軽快な足音と、賑やかな話し声が聞こえてくる。はじめ部屋に入ってきたのは留助と格之進で、つぎにおさと、おゆう、亀三。あとはおなじ方面から来ている茂一と弥太郎だ。

茂一と弥太郎がじゃれ合いながらも席につく頃に、千世先生も手習い部屋に入ってきた。筆子たちの顔をひととおり眺めてから、

「桃三は来ていないのですか」

と、廊下のほうを振り返る。

部屋の端に正座していたしづが、かるく腰を上げながら言った。

「明日からまた数日おつとめに出るから、今日は来るつもりだと言っていたのですけど」

するど茂一と弥太郎も、ほぼ同時に手を挙げる。

「ここに来る途中、おいらたち桃ちゃんに会ったよ」

「うん、寄り道してから行くって言ってた。おいらたちは、千世先生に叱られるから早く行こうって言ったんだけど」

「まぁ」と、ふたりの話を聞いて、千世は呆れ声を上げた。

「堂々と寄り道すると言ったのですか。仕方ありませんね、桃三はどのあたりで道草を食っているのですか」

「おとなりだよ」

「おとなり？」

千世は目をしばたたいた。

せせらぎ庵の隣家は、とある商家の隠居が、一匹の猫とともに暮らしている町屋だ。桃三が来たばかりのとき、ご隠居の愛猫にちょっかいを出して叱られたことがあった。以来、おとなりには迷惑をかけぬよう言い渡していたところだったが、桃三がまた悪さをしているのではないかと、千世ばかりではなく、ほかの筆子も勘繰ったかもしれない。

平太もまた不安にかられ、

「おとなりを見てきます」

と、慌てて腰を上げる。千世に許しを得てから、草履をつっかけておもてへ飛び出した。すると、存外すぐに桃三の居所が知れた。というのも、玄関脇に立てかけられた柵の向こうに隣家の柿の木が見えるのだが、その木の上に、桃三がのぼっている姿があったからだ。

「桃ちゃん、何をやっているの⁉」

大きな体で器用に柿の木をのぼっていく桃三に、平太は呼びかけた。呼ばれた桃三は、平太のほうに顔を向けて、にやりと笑いかけてくる。

「おはよう平ちゃん。もう手習いはじまってるよな？　悪い悪い、もうちょっとで届きそうだから待っててくれよ」

「届くって何に？」

「猫だよ、猫！」
猫と聞いて、平太は、桃三がいる場所から、さらに視線を上方に向けた。そこ
で桃三の言わんとしていることがわかった。木の幹からのびた枝の股に、隣家の
猫がうずくまっているのだ。木にのぼって遊んでいたのだろうが、細い枝に飛び
乗ってしまい、枝がはげしく揺れるので、身動きできなくなってしまったのだろ
う。
せせらぎ庵に来る途中、それを見つけた桃三が、猫を助けるために木にのぼっ
た。だが、桃三の大きな体で、猫が乗っている枝に移ることはできない。幹に片
腕をまわし、もういっぽうの腕をめいっぱい伸ばして、どうにか猫を捕らえよう
としている。
桃三の体がよろめいたので、平太はたまらず呼びかけた。
「桃ちゃん、危ないからいったん降りておいでよ。ご隠居さんにわけを話して、
誰か応援を呼んでこよう」
「もうちょっとだって、そろそろ届く……」
言いながら、桃三がさらに手を伸ばしたときだった。
柵の上を見つめる平太の視線の先から、桃三の姿が消えた。いや消えたのでは

ない。桃三の体が柿の木から落ちたのだと気づいたときは、柵の向こうに鈍い音と悲鳴が上がり、呻《うめ》き声が聞こえた。

「桃ちゃん、どうしたの、どこか打ったの？」

「痛い、痛いっ」

柵のせいで姿は見えないが、桃三は「痛い」と喚きつづけていた。平太の体から血の気が引く。頭が真っ白になった。

——どうしよう。

とっさに体が動かなかった。だが、桃三の呻き声がふたたび聞こえてきて、我に返った平太は考える暇もなく、枝折戸を押し開けて、おもてへと飛び出した。だがあまりに勢いをつけすぎて、おもてに出たところで、通りかかった人間にぶつかった。平太は相手の体に顔を打ち付けてしまい、おもわずよろめいた。

「平太？」

そんな平太の体を支えたのは、出会い頭にぶつかった相手だった。唐突に名を呼ばれ、顔を上げると、見知った顔がそこにあった。

痩せた細面の顔のなかに、澄んだ瞳があり、その瞳が気がかりそうに平太を見下ろしていた。

おもてでぶつかった相手は、木村養生所の医者見習い、善次郎だった。

善次郎が、平太の顔を覗きこんでくる。

「どうしました、顔がまっさおですよ。何かあったのですか？」

よろめいた平太を抱きとめた善次郎は、おもいのほか落ちついた声音で尋ねてくる。その声にもまして、肩を摑《つか》んでくる細い手に、意外なほどの力強さを感じられて、平太はやっと気持ちを静めることができた。

「善次郎さん？」

「善次郎さんは、どうしてここに……」

「いや、あなたが一昨日養生所に来なかったので、もしかして風邪でも引いたのかと思いまして」

そこで善次郎は、木村義春に様子を見て来いと言われたという。

義春の気遣いが、そして善次郎の存在が、今の平太にはとてつもなくありがたく、おもわず目の前の細い体にすがりついていた。

「善次郎さん！　大変なんです、助けてください。桃ちゃんが……うちの筆子なんですけど、木の上から落ちてしまったんです」

たちまち善次郎の顔色が変わった。

戸惑いの表情をみせていた細面の顔が引き締まり、「その子はどこに？」と、鋭く問いかけてくる。

桃三が隣家の裏庭に落ちたことを告げると、平太をともない、善次郎は隣家の表にまわり家人を呼んだ。善次郎がわけを告げると、隣家のご隠居もすぐに取り合ってくれる。主とともに裏庭へ回ると、柿の木の脇、地べたの上に桃三が呻きながら横たわっていた。善次郎は裏庭に庭石がいくつか転がっているのを見定めると、すぐさま桃三のそばに駆け寄り、桃三の頭を手でまさぐりはじめた。

「石で頭は打っていないな」

木から落ちたときに、間近にあった庭石に頭を打ち付けなかったのは幸いだった。だが、左腕を下にして地べたに叩きつけられたのだろう。左腕を、自らの大きな体で圧迫したらしく、桃三の左腕は赤黒く腫れあがりはじめていた。しかも木の枝のどこかにひっかかったのだろうか、二の腕に裂傷があり、そこから血が流れだしていた。

善次郎はふところから手拭を取り出し、手際よく裂傷の箇所に手拭を巻き付けて血止めをした。つづいて細身の善次郎が、意外なほどの力強さで、子どもながらに体が大きい桃三を抱え上げる。

「痛い、痛いよぅ」

「しばらく辛抱してください」

「でも、とんでもなく痛ぇよ、おいらの腕、もげちまうんじゃないのかい」

「そんなことはさせません。安心して」

すこしも慌てるそぶりもなく、いつも通り、にこやかに笑いかける善次郎の様子を、平太はただ立ちつくして見ているしかなかった。

もしかしたら、大きな桃三の体を抱えるのは、細身の善次郎にとってはひどく大変なことだったのかもしれない。せめて運ぶのを手伝うべきだったかもしれないし、桃三の手当てを手伝うべきだったかもしれない。それなのに平太は立ちつくすのみで、指一本動かせないありさまだった。そんな己があまりに情けなかった。

平太が情けなさを嚙みしめているあいだに、やがて騒ぎを聞きつけた千世やしづが隣家の庭に駆け込んでくる。

「善次郎さん、これはいったい?」

「しづさん、久しぶりです。事情はのちほど。ところで千世先生」

善次郎は、許嫁への挨拶もそこそこに、千世のほうへ目配せをする。

「もし心当たりがありましたら、近所の医者のところへ案内していただけませんか」

「わかりました」と、慌てふためくしづをよそに、千世はあくまで冷静だ。

「さぁ、わたしが案内いたしますから、ご苦労ですが、そこまで桃三を頼めますか」

「もちろんですとも。さぁ、急ぎましょう」

千世の先導のもと、桃三を抱えた善次郎も表へと飛び出していく。

表の通りまで、平太も見送った。

そのあいだも、

「大丈夫だよ、もう安心だ」

と、泣きわめく桃三に、ずっとそうささやきつづける善次郎を、平太は、通りの向こうに姿が見えなくなるまで見送った。

桃三が怪我をして医者のもとに運ばれたため、千世は桃三に付き添い、その日の手習いは、千世に代わりしづがつづけることになった。

とはいえ、桃三のことが気になって、筆子たちは気もそぞろ。しづもまた、子どもたちの不安を取り除き、やる気を取り戻させることはできなかった。

今朝までに用意しておいた問答集を、ただ子どもたちに押し付け、勝手に解いてもらうことしかできなかったのだ。

結局誰しもが身が入らず、午前の手習いだけでお開きとなった。

「明日までに答え合わせをしておきますから、午後は家でやすんでくださいね」

しづは解答を黙々と集め、筆子たちもまた元気なく帰宅していく。

平太はやはり桃三のことが気にかかり、昼餉も取らずに、桃三が運ばれたであろう近所の医者のもとへ駆けつけた。

当の医者の診立てでは、桃三の腕の怪我は、大怪我には違いないが、命に関わることではないとのことだった。善次郎の診立てもおおむね一致していたらしい。体の下敷きになったため、左腕を妙な方向にひねってしまったが、二の腕にあった裂傷もさして深くはなく、すぐに塞《ふさ》がるだろうということだった。

平太が訪ねたころには、当の桃三はあっけらかんとしていて、腕の痛みにときおり顔をしかめるものの、元気を取り戻していた。

「こんな怪我をしちまったら、しばらく植木の手伝いはできねぇ、親方にどやされちまうなぁ」

桃三の当面の心配ごとはそこらしい。その姿が、すこし前まで泣き叫んでいたのとは別人に見えて、気負っていた平太は腰が抜けそうになってしまった。

「まったくもう……木の上から落ちたときは、もうだめかと思ったよ」

「心配かけちまったな、ごめんな、平ちゃん」

「でも、大したことがなくて何よりだったじゃないか」

ふたりの様子を間近で見ていた善次郎が、そう言ってほほえみかけてくれる。

平太は、善次郎の顔をあらためて見つめた。

先刻の、迷いなく、己のやるべきことをこなした善次郎の姿が思い出される。手際のよさもさることながら、華奢《きゃしゃ》な体で大きな桃三を抱え上げたこと、怪我人を前にしてもつねにほほえみを絶やさなかったこと、ずっと励ましの言葉をかけつづけたこと。その姿は、平太の脳裏に強烈に残った。

――この人は、たとえ力が足りなくとも、いまやれること、やるべきことを、すべての力をもってやれる人なのだ。

平太は感動した。

たとえ己に力が足りなくとも、不向きだったとしても、すこしでも理想に近づこうとする、そんな人間になりたい、と。

浅間噴火によって家族を失い、失意のなかにあったところを、救ってくれた周囲の村人がいた。幕府から遣わされてきた役人が自分たちを支えてくれた。平太をここまで引っ張り上げてくれた人たちがいた。平太を迎え入れて、仲良くしてくれている人たちがいた。いま目の前で、己の理想となる人がいる。

彼らから受けた恩は、これから平太が出会う人たちへと、返していかなければならないのではないか。

そう思えてならなかった。

力がないのなら、すこしでも理想に近づくために、もっともっと学ぶしかない。経験を積むしかない。学びと経験を経ても足りないところがあるのなら、真心で補うしかないではないか。

いつの間にか、平太の目から涙が溢《あふ》れていた。

「おれは……善次郎さんみたいに、人の心を安らかにできる医者になりたい」

そうつぶやくと、平太は涙をぬぐい、両目をきつくつむった。

目の奥で、記憶に残る幼いままの妹おゆうが、かすかに笑った気がした。

桃三が木の上から落ちる騒動があった数日後。この日、しばらく休んでいた桃三が、痛みもだいぶ引いたので手習い通いを再開したところ、木村養生所の医師見習いである善次郎に出会った。桃三の怪我の経過観察のため、せせらぎ庵の手習い部屋まで往診にやってきたのだ。養生所での休憩時間をみはからって駆けつけてくれたらしく、桃三の怪我の具合をたしかめたあと、

「いましばらく捻挫《ねんざ》の薬をつづけていれば、大丈夫でしょう」

と太鼓判を押すと、すぐさま薬籠を持って暇を告げる。

そこへすかさずお茶を差し入れたのが平太だ。

「お疲れでしょう。せめてお茶の一服でもしていってください」

「いやしかし……」

「桃ちゃんのことをただで診てくださって、このまま帰すなんて申し訳ないと千世先生からも言われています。いまお茶菓子も持ってきますので、すこしだけでも」

平太にしつこく押しとどめられた善次郎は、「では一服だけなら」と戸惑いながらも応じた。久しぶりに、平太の淹れた茶を飲みたい気持ちもあったのかもしれない。薬籠を畳の上に置くと、差し出された湯飲みを両手で押し包んだ。

その様子を、平太はにこやかに見つめる。

「おかわりが入り用でしたら、いつでもおっしゃってください」

「いやいや、一杯で充分ですよ」

「では、お茶菓子もいまお持ちしますね」

「お構いなく」

「はい、承知しております」

善次郎に頷き返しておいてから、平太は桃三をともない部屋を出た。

それからすこしして、手習い部屋と廊下とを隔てる襖がふたたび開いた。湯呑の中身をあらかた飲み干していた善次郎は、「平太、やはり菓子は遠慮しておきます」と、腰を上げかけたのだが、入ってきた人物を目にした途端、へなへなと腰を落としてしまった。

「……しづ、さん」

「ご無沙汰しております、善次郎さん」

懐紙《かいし》に載せた干菓子《ひがし》を差し出しながら、しづは、腰を抜かした善次郎の前に膝をついた。

善次郎はというと、目の前に座ったしづを凝視したまま、口も体も動かせずにいる。ひと呼吸を置いてから口を開いたのはしづである。

「ほんのひと月会ってないだけなのに、ずいぶんと久しぶりな気がしますね」

「……そ、そうですね」

「善次郎さんも、叔父さまもお変わりなく？」

「はい。先生は、あいかわらず忙しくしておいでです」

「ほとんど銭も取らずに診察していらっしゃるんでしょう」

「だからこその義春先生ですから」

やっと気持ちを静めることができたのか、善次郎は膝を整えてから、しづが勧めてくれた干菓子を押し返す。早く帰らなければならないからという理由だ。だが、しづの前から早く立ち去りたいというのが本音だったかもしれない。

しづは、そんな善次郎に向かって、両手をつき、深々と頭を下げた。

「このたびは勝手なことをしました」

頭を下げられたほうの善次郎は、慌てて腰を浮かせた。

「やめてください、顔をあげてください。許嫁のことだって親類を通しての口約束です。しづさんから直に承知のお返事をいただいたわけではないし、しづさんのお気持ちも聞かずに、わたしが勝手に舞い上がっていただけです。それに……あなたの人生です、思うままにされていいのですよ」

「善次郎さんと夫婦になるのがいやだったわけではありません。ほんとうです。ただ、わたしはとてもひねくれていて、父に逆らいたくて、認めてもらいたくて、誰の助けがなくても生きていけることを示したかったただけなのです」

「そんな……」

「いえ、もっと言えば、あなただけが先に行ってしまうのが悔《くや》しかったのですよ」

「わたしだけが？　どういうことです」

「幼いころから憧《あこが》れていた叔父に、あなただけが目をかけられていく。あなたが男だから医者として認められていく。幼いころは、わたしのほうが、体の弱かったあなたを庇《かば》っていたのに。いつの間にか立場が変わってしまったことが、悔しかったただけなのかもしれません。いま思えば、男も女もありません。体の弱さだって関係ない。あなたが一所懸命につとめたから、努力をしたからこそ、叔父に認められたのです。それだけです。まったくわたしはどこまでも幼稚でした」

「……」

押し黙ってしまった善次郎に、しづは、ふたたび頭を下げる。

「ほんとうに愚《おろ》かでした。いまさら許しを乞える立場ではありませんが、あなたを傷つけ、迷惑をかけてしまったこと、お詫びします。申し訳ありませんでした」

「しづさんは……」

ひとまず、しづに頭を上げさせた善次郎は、おろおろと視線を動かしながら、それでもある決意をこめて言葉をつづけた。

「しづさんは、これからどうなさるのですか」

「実家に戻り、しばらくは家の手伝いをするつもりです。父の言う通り、女らしく花嫁修業をするのもいいかもしれません」

「わたしとともに、義春先生のもとへ戻りませんか」

「……どうして？」

「花嫁修業をするくらいなら、義春先生を助けてほしいです。あの方は相変わらずお忙しくて、ほとんど診療代も取らずに、来るもの拒《こば》まず診ますから、わたしひとりではとても支えきれません。しづさんは、せっかく医術の心得もあるのだから、それを役立てないなんて勿体《もったい》ない」

「わたしの心得なんて、初歩の初歩です。たいして役には立ちません。ましてや善次郎さんほどのことは到底できませんよ」

「それでも、あなたがいるのといないのとでは……いや違う。わたしはこんなことが言いたいわけではないのだ」

「善次郎さん?」

戸惑うしづの肩を、善次郎が両手でつかんだ。

「わたしと一緒にいてください。あなたがいないと、わたしは医者になる意味がないんです」

力いっぱい肩をつかまれたしづは、驚きに目を見開いている。善次郎の手から逃れようと一度だけ身をよじったが、善次郎は許さなかった。いつもの穏やかな様子とは一変し、二度と離すまいと、力をさらに込めた。

「わたしが医者を志したのは、しづさん、あなたのためなのです」

「……………」

「わたしは、幼い頃からしづさんにずっと守ってもらっていた。体が弱くていつも看病してもらっていた。苛められたときだって庇ってもらった。父親が早くに身罷《みまか》ったときも、泣き止むまで側にいてくれた。義春先生のもとで修業することも勧めてくれた。いま生きていられるのは、大げさではなく、あなたのおかげなんです。だから、もし、しづさんに困ったことが起きたら、今度は、わたしが助けたいと思った。わたしが医者を目指したのは、あなたに恩を返したいと願ったからです」

多くの困った人を救いたいとか、この世からすこしでも病をなくしたい。そんな高尚な願いからではない。ただ、しづというひとりの恩人を、助けられるおとなになりたい。そう願ったのだった。

しづはしばし呆然として、言葉を返すことができなかった。ようやく何か言おうとしたところ、すかさず善次郎がたたみかける。

「すみません、しづさん。がっかりなさったでしょう。結局わたしは、自分のことしか考えていないんです。そんな小さな人間なんです」

すべて吐露し、善次郎がうなだれる姿を見て、しづはやっと言葉をついだ。

「それでいいじゃありませんか。あなたの手が届くところだけ、あなたの身近にある大事なものを守ることができるのならば、崇高な理由がなくたって、充分じゃありませんか。わたしも、そんな人間になりたいし、善次郎さんと、お互いに助け合っていきたいです。助けられる人間になりたいです」

「しづさん……」

しづと善次郎は、しばらく見つめ合ったあと、互いに膝を前に進め、手を取り合った。

手のぬくもりは、互いにほとんど変わらぬあたたかさを持っていた。

「見習いはもういなくなっちまったのか？」

雨が降りだした夜のことだ。勘定奉行であり千世の旧知である根岸鎮衛が、せせらぎ庵を訪ねてきた。人づてに、木村しづのことを耳にしたらしく、さて、どんな娘がいるのかと見学に来てみたら、肩透かしをくわされたという体《てい》だ。

鎮衛とともに酒杯を傾けながら、千世はうっすらとほほえんだ。

「手習い師匠を志してくれることは嬉しかったですし、若い娘さんにだっていろんな生き方があるはずなのですが。しづさんにとっては、これでよかったのだと思いますよ。すくなくとも、身近にひとり、あの方を求めている人がいるのですから」

およそひと月の見習いを切り上げ、木村しづは、叔父が営む養生所へと帰って行った。これからは両親を説得したのち、叔父のもとで善次郎とともに医術を学び直し、すこしでも医術の上達に励むという。この先、善次郎が自らの養生所を開くときに、妻となるしづに医術の心得があれば、大きな助けになる。

しづは、その道を、自らの拠って立つところと決めたのだ。

善次郎に頼るだけではない、頼られるだけではない、お互いに助けあい、ともに歩んでいくことを。

「ふぅん……自らの拠って立つところ、か。いまどきの娘ってのは、なんというか、いろいろと小難しいことを考えているんだな。まぁ、そう考えられる余裕があるってことが、そもそも恵まれた人生なのだと、おれなんかは思うがね」

「あの子なりに、真剣なんですよ」

「わかっているさ」

もともと下級武士の出ながら、ひょんなことから出世街道を歩まされることになり、周囲に翻弄《ほんろう》されながらここまで成り上がってきた根岸鎮衛は、やや釈然としない様子で杯を空けていった。

「その娘、千世が、余生をすこしでも人の役に立てたいから、手習い師匠になったと思っていたのかな？」

「まだつづけるのですか？　今日は悪いお酒ですね。言っておきますけどね、鉄蔵。わたしが、余生を人のために役立てたいと思ったのは間違いありませんよ。ひとりになって、やることがなくなって、ただ一日のんびり過ごすのもあまり性《しょう》に合っていないと感じましたからね」

「だが、それが一番の理由ってわけでもあるまい」

「……………」

すこしの間があって、千世は、「そうですね」とつぶやいたあと、すこしだけためらってから打ち明ける。

「わたしは、信友《のぶとも》のために家を出ると決めたのですよ」

夫を看取ったあと、市井に飛び出してからおよそ五年。千世が、あらかたの事情を察している鎮衛にすら漏らしたことはなかった胸の内を、はじめて口にした。

「今度こそ、信友が、誰にはばかることなく、誰の顔色をもうかがわずに、己の信じるまま生きられるように。そう願ってのことです」

千世の夫は、元御納戸頭、尾谷信常《のぶつね》という人物だった。

ちなみに尾谷家は、いまの町奉行曲淵景漸《まがりぶちかげつぐ》とは遠縁にあたる。

信常は五年前にこの世を去っている。その後すぐに二男の尾谷信友が家督を継ぎ、千世は尾谷の家を出て手習い所を開いたのだ。

千世と信常は幼馴染だった。遠縁の子だった景漸も含めて、三人は幼いころからよく顔を合わせ、ともに遊んだものだ。特に近所どうしであった千世と信常は、いつも一緒にいた。勝気な千世は男の子の遊びや剣術修練に加わり、温和だった信常はそれを見守っているという具合に。ふたりは家どうしの取り決めで許嫁となり、長じて夫婦となったが、信常は生涯にわたって、千世に一度も怒った顔をみせたことのない穏やかな人柄で、よき夫であり、子どもたちの良き父であろうとした。

くわえて信常は、根岸鎮衛にとっても無二の友であった。

鎮衛は、御家人株を買収した実の親からの指図で、末期《まつご》養子として根岸家に入った、とある家の三男坊だった。もとより三男で実家を継げるはずもなく、体よく厄介払いされた鎮衛は、いっときは荒れに荒れて手がつけられないありさまだった。そんな折、夫婦になる前の千世と信常、くわえて景漸とも知己になり、気が合う者どうしで過ごすうちに立ち直っていった。家督を継いで勘定所の御勘定という役についてからは、真面目にこつこつとつとめあげ、頭角《とうかく》をあらわし、やがて御家人から旗本になりあがる異例の出世をとげた。

千世たちは、千世と信常が夫婦になり、鎮衛が出世をしたあとも、お互い忙しい合間を縫っては集《つど》い、嬉しいことも困ったことも何でも相談しあった。

千世が信常と夫婦となったあと、なかなか子どもができず、尾谷の家で肩身の狭い思いをしているときも、鎮衛が幾度も若い夫婦を励ます日々がつづいた。信常に妾《めかけ》をあてがう話までのぼって、珍しく信常が親類縁者に苦言を呈したことさえあった。

とはいえ、引きも切らない周囲の口出しに、若い夫婦はほとほと参っていた頃だ。

落ち込む親友たちに鎮衛は、

「養子を取ることで、ひとまず周囲を安心させてはどうか」

と勧めた。そうすれば周りは離縁や妾の話もしなくなるのではないか。実の子に家督を譲ることはできなくなるが、千世を悲しませることはなくなる。信常も、そのほうがどんなによいかと、鎮衛の進言に従った。

そして千世と信常は、遠縁の八つになる男の子を養子に取った。

千世たち夫婦とその子は、じつの親子かと見紛うほどよく似ており、気もよく合った。時々遊びにやってくる根岸鎮衛とも打ち解け、尾谷家はいっきに明るくなった。

ところが、養子を取ってからおよそ一年後に、千世は自分の子を身ごもった。喜ぶべきことだが、ここでまた夫婦の与《あずか》り知らぬところで騒動が起こる。養子である長男と、実子の二男、どちらを嫡子とするか、またもや親類縁者が騒ぎ出したのだ。千世は、当初の予定通り長男を嫡子とするつもりであったが、親類縁者は、信常の実の子である二男にすべきではないかと口を出してくる。また、信常のなかでもわずかな迷いがあったのかもしれない。信常の迷いは、聡明な長男にも敏感に伝わった。

千世が実の子を産み、健《すこ》やかに成長するうちに、周囲を説き伏せてやっと嫡子とした長男が、しだいに心を病むようになった。はじめはひどく小食になったところからはじまり、手習いや剣術修練も休みがちになる。やがて部屋から出ることなく引き籠り、病がちになり、床の上で過ごすことが多くなった。

弱っていく兄を見ていた二男も、いたたまれなくなったのか。また、兄をそんなふうに追い込んだ尾谷家への反抗なのか。自分などより兄のほうが嫡子として相応《ふさわ》しいと知らしめたかったのか。

二男――千世の実子である信友は、千世や信常はじめ、親類縁者に対しことごとく歯向かうようになり、手習い所や修練所でたびたび騒ぎを起こし、指南に従わず、乱暴をはたらき、問題児と名指しされるまでになった。手がつけられなくなった千世は、二男を、いっとき鎮衛の屋敷に預けることにした。

それでも、長男が快復することはなかった。最後は床から起き上がることもできなくなり、痩せ衰えたまま帰らぬ人となった。

茫然自失となった千世は、自らも寝込み、しばらくしてやっと床払いをしたあと、親友である根岸鎮衛の訪問を受けた。

そこで、亡き長男の隠された思いを知らされる。

「これは口止めされていたことだが、あいつには生前から、いろいろと話を聞かされていたんだ」

亡き長男は、両親である千世や信常にも言えなかった胸の内を、鎮衛だけには漏らしていたという。

まず両親には、養子である自分に、それを感じさせないほどの愛情を注いでくれたことを感謝していると。かわいい弟を持てて幸せだったと。そんな思いがありながらも、自分はひとまず跡目を継いだ後、すぐに何かしらの理由をつけて隠居し、弟に家督を譲ろうと考えていたこと。

「あいつは、父親が……信常が、じつは弟に跡を取らせたかったことを知っていたのだろう」

「そんな」と、千世は、鎮衛の言葉にうろたえるばかりだ。

「あの子は、そんな素振りはすこしも見せませんでした」

「当たり前だ。お前たちに勘づかれたくないから、おれにだけ話をしたのだろうから。だからといって、信常を怨《うら》むことなど微塵もなかったはずだ。弟のことも心からかわいがっていた。お前たちを大事に思うからこそ、自ら身を引こうとしたのだろう」

「では、あの子は、身を引くために、あんなふうに痩せ衰えていったと?」

「それはわからない。だが……あいつのためにも、おれがいま預かっている信友のことを大切にしてやるといい。跡取りとして迎えてやりな」

鎮衛の進言に、千世も信常も同意し、長男が亡くなった一年後に、二男の信友は尾谷家に戻ることになった。もちろん鎮衛が、信友をよくよく説得してのことだった。

ところが、信友が帰って来るという直前に、信常は病に倒れ、ほどなく帰らぬ人となった。父親と実の息子とは、ついに和解することなく今生《こんじょう》の別れをすることになってしまった。

千世にとって唯一の救いだったのは、尾谷家に戻ってきた信友が、かつての乱暴者のおもかげはなく、折り目正しい武家の若者となり、父親の葬儀を取り仕切ったことだったかもしれない。

信常の葬儀が終わったあと、千世は、弔問《ちょうもん》におとずれた鎮衛に頭を下げた。

「今日はありがとうございました。信常どのも安堵しているでしょう。息子をあんな立派な若者にしてくださって、そして、わたしたちの元に帰してくださって。昔から、あなたは、いつもわたしたちを見守っていてくれましたね。あなただって、いまや立派なお奉行さまになって、寝る間もないほど忙しいはずなのに、わたしたちにかまけている暇なんてないはずなのに。わかっていても、ほかに頼る心当たりがなくて、ほんとうに申し訳なく思っています」

「詫びられる理由なんか、これっぽっちもありゃしねぇよ」

反発する信友を一年かけて説得し、尾谷家に戻る算段をとりつけた鎮衛だったが、あいかわらずぶっきらぼうにこたえた。

「おれがお前たちを助けるのは、当たり前なんだ」

「当たり前？」

戸惑う千世に対し、鎮衛は大きく頷いた。

「自暴自棄《じぼうじき》になっていた若い頃、荒れに荒れていたおれに手を差し伸べてくれたのは、千世と信常、そして曲淵どの、あんたたちだけだったじゃないか。ほかの者からはとうに匙《さじ》を投げられ、根岸家の面汚《つらよご》しと罵《ののし》られ、養父からも養子に取るべきではなかったと言われ、身も心も飢えていたおれに、情と飯をくれたのはお前たちだ。いまおれが生きていられるのは、お前たちのおかげなのだ」

「鉄蔵……」

「だからおれは、奉行のつとめなんて差し置いてでも、あんたたちが困っているのなら、第一に手を差し伸べなけりゃならないんだ。これは当たり前なんだ」

鎮衛の言葉に、千世は言葉もなく、ただ両手を合わせた。

以後、喪《も》が明けてほどなくして、信友は尾谷の家督を継いだ。それを見届けた千世は、これまでの蓄えすべてをはたいて手習い所を開く支度金に充て、市井の空き家を借り上げたのだ。

息子が立派におつとめをしているさまを見て、心置きなく家を出ることができた。

母を黙って見送った信友は、何を思っていただろうか。

尾谷家が一番大変だったときを間近で見てきた鎮衛は、自分が一番苦しかったときに決して見放さなかった親友に、ふたたび酒徳利を差し向ける。

「お前は、信友のために家を出たというが、信友自身は、はたしてそんなことを望んでいたのだろうか」

「……………」

「本来ならば兄が継ぐはずだった家に残された信友が、母親がいなくなって、これからは誰にもはばからず、自由にやっていける、せいせいしたなんて、そんなことを考えていると本気で信じているのか」

鎮衛の問いに、千世はこたえられなかった。こたえたくなかったのかもしれない。

長男を守ることができず、二男をも傷つけてしまった母親として、息子たちに詫びる言葉をいまだ見出せないのだ。

杯に注がれた酒が、千世の心情とおなじくゆらゆらと揺れている。

鎮衛は、そのさまを見つめながら言った。

「お前が、どんな思いで家を出たかはともかく、手習い所を開き、子どもたちを預かったからには、筆子たちをしっかり導いてやることだ。ただ家を出るためだけに市井に出て、手習いをないがしろにする師匠であれば、信友もまた救われないだろうから」

「わかっています」

千世が持つ杯の揺らぎは、いつの間にかぴたりと止まっていた。

「わたしは、亡くなったあの子や、信友に注いであげられなかった分、わたしを頼って通ってきてくれる筆子たちを誰ひとり取りこぼすことなく、一人前になる手助けをしたい。それが、わたしが残りの人生でやるべきことなのです」

「あぁ、それがいい」

凛とした表情に戻った千世の顔を見つめながら、鎮衛は思い出していた。

「妻のことをたのむ」

と、身罷る数日前、己の手を取って懇願してきた友のことを。

その友のためにも、夫や息子たちと過ごした家を離れ、市井に出た千世のことを見守っていこうと、鎮衛はあらためて心に決めていた。

障子を隔てた向こう側から、「千世先生」という潑剌とした呼び声が聞こえてきて、千世と鎮衛は、話をそこで打ち切った。

ふたりは顔を見合わせる。

急に時が戻ってきた感覚だった。

「あらいやだ、木村養生所に行っていた平太が帰ってきましたよ。こんなところを見られたら、夕餉前に、もうお酒を飲んでいるのかって叱られてしまうわね」

「今日のところは見逃してくれって平謝りしてみるか」

千世と鎮衛は一瞬の沈黙のあと、噴き出した。

拍子に、襖戸がいきおいよく開かれる。開けたとたん、本日の成果を報告しようとした平太が、部屋に充満する酒の匂いに顔をしかめた。

「あぁ、根岸さまもいらっしゃっていると思ったら、もうこんなに徳利を空けて。まったく、おふたりともお酒には際限がないんですから」

ほら、怒られた、と千世と鎮衛は腹を抱えて笑い出す。

笑われて、平太はふくれっ面をした。

穏やかなときがゆるゆると流れるなか、千世は思うのだ。

いまこのとき、尾谷家にいる信友も、父や兄の分まで、穏やかに過ごせていますように、と。

三　逃げる娘

店の帳場で、おみえは慣れた手つきで算盤《そろばん》を弾《はじ》いていた。

神田川沿いにある関口駒井町《せきぐちこまいちょう》、目白不動尊のほど近く、目白坂と不動坂《ふどうざか》の境目あたりにある小間物屋「すみのや」で女中をしているおみえは、店主であるお澄《すみ》に言われて、一日の売り上げを計算しているところであった。あとすこしで店じまいという七つ時のことだ。お澄自身は、夫である岡っ引きの吉次《きちじ》の世話があるため、奥へ引っ込んでしまっている。目白不動の鐘の音が響いてくるなか、店内にひとりの女が入ってきた。

「いらっしゃいませ」

小間物屋の客は、若い娘か御新造《ごしんぞう》がほとんどだ。七つ時を過ぎると日暮れも近いので、ほとんど客は寄り付かないのだが、おみえは珍しい客にも、いつも通り「何かお探しですか」と愛想をふりまいた。

飛び込みの客は、およそ十六、七に見えた。うつむき加減で顔はよく見えず、おみえの掛け声に返事はない。猫背ぎみのふっくらとした体をさらに小さく屈《かが》めて、棚に並べてある櫛《くし》や簪《かんざし》を見て回っていた。

算盤を弾きながらも、おみえは、女から目を離さなかった。

店内を一周した女は、やがて店の入り口近くの棚の前に立った。丸い背中をおみえに見せるかたちで、品物を眺めている。その手元は、帳場にいるおみえから見えなかった。おみえとて客を疑いたくはないのだが、女の不愛想な態度と、無言のまま一点を見つめて離れないその怪しい素振りが気に掛かった。

「お探しのものがあれば、おっしゃってください」

どうにも気になって仕方ないので、おみえは帳場を立ち、客のもとへ歩みよろうとする。すると女は振り返ることなく、無言のまま店の外へ駆け出そうとした。ちょうどそのときだ。

「お客さん、ちょいと袂《たもと》の中身をあらためさせてもらいましょうか」

娘が敷居をまたぎかけると、おもてからやってきた何者かが、店の入り口に立ち塞《ふさ》がった。

「すみのや」の店主、岡っ引き吉次の女房でもある、お澄だった。

夜分の見回りがある夫を送りだした後、店の暖簾《のれん》をしまおうとおもてへと回ってきたのだろう。ちょうどそこへ、不審な客が飛び出してきたので、逃げ場を塞ぐために立ちはだかったのだ。

「お客さん、どうか、騒ぎが大きくならないうちに袂のものを」

「……………」

岡っ引きの女房だけあって、お澄は肝が据わっている。言葉遣いは温和ながら、すべてを察し、言い逃れを許さぬ態度だった。

逃げ場を失った女は、左袖の袂に右手を差し入れると、そこから一本の簪を取り出した。菊の花のつまみ細工が施された、客からも人気の商品だ。人気だからこそ、店の入り口の目に留まりやすい場所に飾ってあった。

女は、その人気の商品を、銭も払わず袂に落とし込んで逃げ去ろうとしていたのだ。

おみえは怒りよりも戸惑いをおぼえた。

というのも、盗みを見咎《みとが》められた女が、慌てるでもなく、言い訳をするでもなく、泣きじゃくるでもなく、ぼんやりとして押し黙っているだけだからだ。

どういうことなのか。盗むつもりではなく、ただ銭を払い忘れたのか、急ぐ用でもあったのか。あるいは罪悪感がないのか。あれこれと尋ねているお澄の前で、ぼんやりしていた女がふいに動いた。手に持っていた簪を押し返し、大きな体でお澄に体当たりすると、そのまま走り去っていった。

「ちょいとお待ちよ」

体当たりされよろめいたお澄だが、すぐに体勢を立て直し、女のあとを追った。おみえも後につづく。ところが、夕焼けに染まったおもて通りには、すでに女の姿はなかった。代わりに、路上で立ち話をしていた男ふたり連れが、おもてに飛び出してきたお澄とおみえのことをじっと眺めていたのだが、女のことに気を取られていたお澄たちは、男たちのまなざしに気づくことはなかった。

数日降りつづいた雨がやみ、束の間の晴れ間が覗いた。道端に林立する木々の若葉が輝いて見える。

お使いの帰り、緑が濃くなった木々を見上げながら、平太は帰路を急いでいた。

「はやく帰らなきゃ」

手習いが終わったあと、鬼千世先生に命じられて、半紙や墨を購《あがな》いに出かけていたところだ。気持ちが急《せ》いたのは、つよい風がふたたび雨雲をつれてくるかもしれないと思ったからだ。

風に押されるように小走りになった。

風が道端の木々を揺さぶる音に、すこし心がざわついた。


雨がぽつりぽつりと落ちはじめた頃、平太は、なんとか降られることもなく帰宅することができた。ちょうどせせらぎ庵にはとある客が訪ねてきていた。

手習いが終わった刻限をみはからって訪ねてきたのは、かつて、平太とともにせせらぎ庵で学んだ、おみえだった。

帰宅した平太が、お遣いものを届けるために鬼千世先生の部屋を訪ねると、奥の格子窓を背にした千世に対し、廊下側におみえが背を向けて座っていた。

部屋の襖を開けたとたん、おみえが廊下のほうを振り返る。

「あら、平ちゃん、お久しぶりね」

「おみえちゃん！」

平太がおみえと顔を合わせるのは、この年の正月以来のことだ。

おみえは、昨年とある騒動に巻き込まれたのち、せせらぎ庵をやめていた。いまは界隈《かいわい》を取り仕切る岡っ引きの吉次親分とお澄夫婦に引き取られ、お澄が営む目白不動そばの小間物屋で、住み込みの女中をしている。もともと算盤が得意なうえに、見た目も美しいので、店番として重宝《ちょうほう》されているのだ。正月に会ってから、まだ数か月しか経っていないのだが、以前会ったときよりも、おみえはさらにおとなびて見えた。季節に合った淡い桃色の着物を身に着け、同じ色の手絡《てがら》が豊かな黒髪に映えている。平太よりひとつ年上なだけなのだが、すっかりおとなの女性めいて見えた。

――しづ先生と、さほど変わらないな。

平太は、つい先日まで手習い師匠の見習いとして、せせらぎ庵に居候していた十八歳の木村しづの姿を思い出していた。目の前のおみえは、しづと同じくらい美しさと落ち着きを兼ね備えていた。手習いを終えて世に出ると、人はこんなにもおとなになっていくのだと、あらためて感じられた。

いっぽうで、十二歳にもなるのに、己があまりに子どもっぽいままではないかと思えて、平太はすこし気恥ずかしくなってくる。

せっかくおみえに会えたのに、うまく言葉がつづけられず、千世にお遣い物を差し出すと、

「お茶を、淹《い》れてきますね」

と言って、部屋をあとにしかけた。

その平太を、千世があわてて呼び止める。

「あ、平太、お茶はあなたも含めて五人分淹れてきてくれますか」

「五人……ですか」

平太は部屋を見渡した。さして広い部屋ではないので見誤るはずはないのだが、部屋には千世とおみえ、くわえて自分しかいないはずだった。

怪訝《けげん》そうに首をかしげる平太に、千世はわけを話す。

「じつは、お客さまがあとふたり来ることになっているの。じきに……」

言う間に、玄関のほうから「ごめん」という低い声が聞こえてきたかと思うと、あらかじめ来意を告げていたのか、出迎えに行くまでもなく、客らしき人物が足音を立てて廊下を歩いてくる。

平太は廊下のほうを振り返った。

すでに敷居の外までやってきていたのは、身丈の高い男と若い女という取り合わせだった。

男のほうは精悍《せいかん》な顔つきで、小銀杏《こいちょう》の髷《まげ》に巻羽織も着流しも黒一色。ひと目で町同心とわかるいでたちだ。女のほうは小柄だがふっくらとしていて、身丈のわりには体が大きく見える。おみえよりすこし年上くらいだろうか。だが、おみえと比べてはっきりと違っているのは、丸い顔に活き活きとした表情がないことだった。

平太は、黒ずくめの男のことはよく知っていた。

「伊庭《いば》さま、ご無沙汰しております」

「よう、平太。息災だったか」

男は、町廻り同心の伊庭作次郎《さくじろう》。千世の息子である尾谷信友と剣術道場の同門であったということもあり、千世とも旧知の間柄だ。昨年から年のはじめ、せせらぎ庵がかかわったいくつかの騒動では、解決に力を貸してくれた。平太ともその折に知己になったのである。正義感のつよい男で、平太にとっても頼れる兄貴分といった具合だ。

その伊庭作次郎が、ともに連れてきた女を部屋のなかへと促す。

女は黙って従うだけだ。虚《うつ》ろな表情で視線を足元に落とし、すでに座っていたおみえの横に腰をおろした。

――この人は、いったい誰だろう。

女がとなりに座ったとき、おみえの表情が緊張でこわばったかにも見えた。作次郎も同様だ。平太と挨拶を交わしたときはにこやかだったが、いまはまるで、罪人を前にした同心らしい険しい顔つきになっている。

「お茶を、淹れてきますね」

その場にいることがやや息苦しくなってきて、平太は台所へ戻って茶を淹れてくることにした。人数分の茶を淹れて部屋に戻ってきたときには、すでに、千世たちの間で話がはじまっていた。

おみえが、女のことを千世に紹介していた。

「こちらは、おとよさん、と言います」

おとよと呼ばれた女は、あいかわらず虚ろな顔をしたまま黙っているだけだ。

「いったい誰なの?」と、各々に湯呑を手渡しながら、焦《じ》れた平太はおもわず口にしてしまった。

「平ちゃん、あたしの兄さんのこと、覚えてる?」

「う、うん……」

唐突に、おみえの兄のことを言われて、平太はおもわず身構えてしまった。忘れたくとも、忘れられるものではない。平太は、昨年おみえがまだせせらぎ庵に通っているときに、おみえの兄が起こした大きな騒動に巻き込まれていたからだ。

おみえの兄——直蔵《なおぞう》は、両親を失っていたおみえにとって、ただひとりの肉親だった。だが直蔵は放蕩三昧《ほうとうざんまい》でろくに働こうとせず、あげく遊ぶ銭欲しさに、妹のおみえを悪徳口入屋《くちいれや》に売ろうとしたのだ。

千世と平太をはじめとするせせらぎ庵の皆と、千世の知り合いであった岡っ引きの吉次親分の活躍。くわえて北町奉行の曲淵景漸の力添えにより、おみえはかろうじて救われた。

妹を売ろうとした直蔵や悪徳口入屋は、曲淵の配下によって捕らえられ、入牢させられたのだ。

自らを売ろうとした兄のことを、なぜ、おみえはいまさら口にするのか。思い出したくもないことではないのか。おとよとどんな関わりがあるというのか。話がわからず、平太は不審そうに眉をひそめた。

「お兄さんが、どうかしたの？」

「じつは、つい先にね……兄さんが牢のなかで亡くなったと、こちらの伊庭さまが知らせてくださったの」

「伊庭さまが？」

驚いた平太が、部屋の隅に控えている作次郎に目を向けた。

むっつりとした表情のまま、作次郎は頷いている。

「おみえの兄直蔵が、曲淵さまや配下の手で捕らえられたあと、吟味《ぎんみ》の折や、大番屋に入れられていたときに面倒を見ていたのがおれだったんだ。牢に移されてからも、ときおり様子を見に行ってはいたのだが。結局は、牢の罪人たちのなかでもうまく立ち回れず、病に冒《おか》され寝たきりになった最後のほうは……さすがに哀れに思えたな」

「そうだったんですか、伊庭さまが直蔵さんを看取られて、おみえちゃんに知らせた、と」

平太は複雑な心情だった。人ひとりが亡くなったのは哀しいことだ。だがこれで、おみえが兄の影に怯《おび》えずに済むという安堵もある。いっぽうで、唯一の身内を亡くした心の痛みも、平太にはよくわかった。

平太の気持ちを察しているのか、おみえは気丈にふるまっている。

「わたしは大丈夫だよ」

「ほんとうに？」

「うん、こうなるかもって覚悟はしていたから。病になったのは、牢内での喧嘩《けんか》で負った怪我がもとだったらしいの。わたしが差し入れをいっさいしなかったから、牢のなかでも立場が弱かったんでしょうね、ほかの入牢者とも争うことが多くて、傷口から病が入ったんだろうって」

「おみえちゃんが気にすることなんかないよ！」

「おみえが気にすることではなかろう！」

平太と作次郎の言葉は、おもいのほか強く、ほぼ同時に発せられた。そして、ふたりともばつが悪そうにいったん口をつぐんだ。

すこししてから、平太は声音を落として言葉をつづける。

「ごめん、おれが言うことじゃないかもしれないけど、直蔵さんは、差し入れなんかしてもらえなくて当たり前のことをしたんだ。だから……」

「うん、平ちゃんの言うとおりだよ。兄とは、縁は切れたものと諦《あきら》めていたから。仕方ないと思っているの」

おみえは寂しげな笑みを浮かべていた。気丈なそぶりをしていても、やはりつらいのだろうと、平太の胸も痛んだ。

黙して話を聞いていた千世もまた、おみえのそばに寄り添いながら、肩を優しくさすっていた。

おみえはそっと目元をぬぐったあと、千世に寄り添われて幾分は気持ちを持ち直したのか、今日の出来事を淡々と話しはじめた。

「それでね、伊庭さまが、兄の私物の後始末をするというので、わたしを奉行所へ呼び寄せてくださったの。それが今日だったので行ってきたのだけど、そこに、こちらのおとよさんも一緒に呼ばれていてね」

「どうして、おとよさんも？」

平太は、作次郎とおとよのことを交互に見つめた。

それまで、おとよは何を言われてもぼんやりと座っているだけだった。目線は畳の上に落とされたままで、何を考えているのか、畳の目をゆっくりと指でなぞっていた。ところが、直蔵の私物のことに話が及んだ途端、おもむろに顔を上げたのだ。

「直さんが残してくれた持ち物は、すべてあたしのものだから」

思いがけない強い声で、おとよは言った。

「直さんのものは誰にも渡しやしない。たった一文にしかならないものでもね。だってそうでしょう、夫の持ち物は、女房が受け取るものと決まってる」

「女房ですって？」

これには、黙して話を聞いていた千世もおもわず声をあげた。平太も驚きを隠せない。一見ぼんやりとしているおとよの顔を、しばらくのあいだ穴が開くほど見つめてしまった。

「女房だって？　おとよさんが？　直蔵さんの？」

平太は、おみえのほうを見返した。おみえもまた困惑したふうに眉をひそめている。その様子からも、兄直蔵からは何も聞かされておらず、私物を受け取りに行ったときに、はじめて作次郎から知らされたことがうかがえた。

平太たちの不審そうな視線を受けながらも、当のおとよは動じた様子はない。

「直さんの持ち物は、わたしのものだから」

そう言って、おとよはふたたび畳の上に視線を落とすのだった。

「兄に連れ合いがいたなんて急に知らされても、はい、そうですかとは言いづらくて。だって奉行所に行くまで、伊庭さまも教えてくださらなかったから」

戸惑うおみえに対し、おとよはこたえることなく、知らんふりを貫いていた。

「奉行所から、ふたりともずっとあんな調子でして」

ふたりを引き合わせた伊庭作次郎も、困り果てた様子だ。

「てっきり、ふたりは知り合いだと思っていた。おれは、直蔵の野郎がくたばったあと、お調べの折も任されていた縁もあったので、野郎の身辺をいま一度洗い直したんですよ。身内がいるのなら、いちおう不幸を知らせなくちゃならねぇし、なけなしの持ち物も届けなくちゃならねぇ。で、野郎の身内といえば、大昔に蒸発しちまった両親と、さんざん迷惑をかけた年の離れた妹、くわえて捕まる前に一緒に暮らしていた女房がいることがわかったんで」

おみえと直蔵の両親は、詳しく調べたもののついに所在は知れなかった。

妹であるおみえは、元せせらぎ庵の筆子だったとわかり、作次郎は驚いたという。もうひとり、直蔵の女房だったという女も案外近場で見つかった。

「で、直蔵のことで後始末をすべく、今日、ふたりを奉行所に呼び寄せたんです。野郎をどうやって弔《とむら》うのか、残されたものをどちらが引き取るか、話し合いたかったもので。ですが、あのおとよっていう女、おみえに会うなりさっきみたいに……」

直蔵の女房ということで奉行所に呼び出されたおとよは、直蔵の妹であるおみえに対し、いましがた平太たちが聞いたのと同様、「夫の持ち物はすべて、女房であるわたしのもの」だと、直蔵の私物を受け取るのは自分だと言い張ったのだという。

「おみえも、そりゃあ仰天しちまって」

「それはそうでしょうね」

その場面を想像するだけで、千世も気が滅入《めい》ったらしかった。白い手で頭を押さえている。

「おみえ、可哀そうに……」

「兄にひどい目に遭わされたうえ、兄の牢死を知らされ、それだけでも心細いだろうに、あんなことを言われたらどんな気持ちか。おとよに何も言えないまま呆然としていたので、つい可哀そうになっちまって、かといって、おれじゃ何と慰《なぐさ》めていいかわからねぇし、千世さまのもとへひとまず寄ろうかって考えた次第で……」

「ええ、わたしに知らせてくださって何よりでしたよ。おみえは昨年まではうちの筆子でしたからね。ほうっておくことなんてできません」

「千世先生の顔を見たら、おみえもすこし安心したみたいでよかったです」

「あとは、おとよという娘さんのことですね。彼女も、これからどうするのか」

直蔵の私物は、おみえとおとよ、どちらに渡すべきなのか。奉行所としてもいまだ決めかねているところだ。

おとよは一向に引き下がる気配はない。「はやく直さんのものを渡してほしい」と言ってきかないので、ひとまず平太の部屋で休んでもらっている。

いっぽう、おみえのほうは、ひどく疲れた様子だったので、平太に付き添われて「すみのや」へ帰って行ったところだ。平太は、おみえを送り届けしだい、吉次親分をせせらぎ庵に連れてくる算段になっていた。

夜分近くになったころに、事情を知らされた吉次親分がせせらぎ庵にやってきた。子分の新七も一緒だ。

千世の部屋に通されるなり吉次親分は身を乗り出して、

「おれは、おみえが不憫《ふびん》でならねぇんでさ」

と、まくしたてる。

「落ち着いてくださいな、吉次親分」

千世が、酒をなみなみ注いだ杯《さかずき》を差し出した。

それをいっきにあおると、吉次親分は熱い息を吐き出しながら言った。

「これが落ち着いていられますか。だって、そうでしょう。昨年の忌《い》まわしい騒動と、疫病神《やくびょうがみ》みたいな兄貴からやっと解放されて、これから幸せになろうってところに、兄貴の女房だって名乗る女が出張《でば》ってきたって？　兄貴の呪《のろ》いはいまだおみえに憑《つ》いて離れやしねぇ、どんだけあの子を苦しめりゃ気が済むんだ、あの野郎」

「親分、千世先生に当たったって仕方ねぇや」

一緒にやってきた新七が宥《なだ》めると、我に返った吉次親分は面目なさそうにうなだれた。

「あいすみません、千世先生……つい乱暴な言葉遣いを」

「構いませんよ、親分の気持ちもよくわかります。でも、直蔵のことはともかく、呪いだなんて、おとよさんまで悪者扱いするのは尚早《しょうそう》ではないのですか」

「千世先生は、おとよのことを知らねぇからそうおっしゃるんです」

「どういうことでしょう」

「おとよって女、じつは数日前に、お澄の店で盗みをはたらこうとしたんですよ」

つい数日前のことだ。岡っ引き吉次親分の女房、お澄が営む小間物屋で、おみえが店番をしているときに、たまたまおとよが客としてあらわれたのだという。

そこで、未遂に終わったとはいえ、おとよは売り物の簪を盗もうとした。店主のお澄に見咎められたおとよは、盗もうとしたものを置いて逃げて行ったのだが、その数日後、奇《く》しくも直蔵の縁者として牢に呼ばれたときに再会することになろうとは。

「こんな偶然、呪われているとでも思いたくなるじゃねぇですか」

「なるほど、そんなことがあったのですね」

「直蔵の女房だって名乗り出たのも、もしかしたら、直蔵の私物目当ての方便なんじゃねぇかって疑いたくもなります。これから探ってみますが、ほかにも盗みを働いていた過去があるんじゃねぇだろうか。そんな気がします」

そこで千世は、部屋の隅で控えていた作次郎に問いかける。

「作次郎、ふたりはほんとうに夫婦だったのですよね？」

「いちおう、そういうことになっています」

腕を組み、難しい顔をしながら作次郎はこたえた。

「まずは……おとよって女、もうすこし年がいって見えますが、まだ十五歳だってことで。生まれは川越《かわごえ》、親元を離れて二年前から江戸暮らしだ。自ら家を出たというよりは、口減らしだったのかもしれません。直蔵との付き合いは、その二年前からでしょう。おとよがつとめていた飲み屋に、直蔵がよく通っていて、そこで知り合った。おとよと出会ってからは、直蔵もまた捕まる直前まで、妹のおみえと暮らした自らの長屋にはほとんど居つかず、おとよのところに入り浸《びた》っていた。そこで夫婦約束を交わしたらしい。直蔵が捕まった当時、おとよはまだ十四だったが、飲み屋ではたらいたり長屋を借りたりしていたので、ふたりが夫婦と言っても、あやしむ者はいなかったとのことです」

とはいえ、ふたりがほんとうに想い合っていたかどうかわからないと、作次郎は疑っている様子だ。

「妹を売り飛ばそうとするくらいだ。直蔵の野郎、銭には相当汚かった。博打狂《ばくちぐる》いで、おとよがつとめる飲み屋で朝から晩まで飲んだくれていたって話だ。おとよの稼ぎにしたって、直蔵がほとんど飲み代にしちまったに違いない。夫婦だと言っていたのも、おとよの長屋に居つくのに、そのほうが都合がいいと踏んだのかもしれません」

それでも文句のひとつも言わずにおとよは、直蔵に尽くしていた。ぼんやりした様子から見ると、口ごたえすることもなかったのかもしれない。ただ黙って言われた通りに稼ぎを渡していたのだろうか。そんなおとよのもとで、直蔵はよけいに自堕落《じだらく》になっていった。博打にのめりこみ、酒量もますます増え、悪い仲間と夜通し遊び倒す。おとよの稼ぎだけでは足りなくなり、いよいよおみえを口入屋に売ろうとしたところで、ついにお縄になったのだ。

直蔵の転落ぶりに話が及ぶと、聞いていた平太もまた胸が苦しくなった。

おとよは、銭に意地汚い直蔵を間近で見てきて、このままでいいと思っていたのだろうか。逃げ出したいとは考えなかったのか。

だが、先ほどのおとよの様子だと、本心はなかなか語ってくれそうもないだろうと、平太はますますやるせない気持ちになる。

いっぽう、吉次親分はあらためて作次郎に問いかけていた。

「伊庭さま。直蔵とおとよが夫婦だったっていう話が嘘でないとして、おとよが直蔵の私物を受け取りたいと申し出るのはわかりますが、いったい直蔵が残したものは何だったんでしょう？」

「それがなぁ」と作次郎はぼやいた。

「あいつはほとんど何も残しちゃいないんだよ。妹を売り飛ばそうとするくらいだから当たり前なんだが、小銭が数文と、牢に入る前に羽織《はお》っていた綿入れが一着。そして、何のために持っていたか知らないが、古びた簪が一本。それだけだった」

「たったそれだけですか」

吉次親分も、おもわず唸《うな》ってしまった。

調べによるとおとよは、直蔵の騒動直後、飲み屋を首になり、その後は内職をいくつかこなしたが、いずれも長続きはしなかったという。直蔵と一緒に暮らしていた長屋にしても、飲み屋を辞めさせられてからは家賃を滞《とどこお》らせており、いまや追い出されそうになっている。そんな状況で、直蔵が残した私物に執着するのは、貧しさに耐えかね、銭にもならない遺品ですらどうしても手に入れたいか、あるいは、直蔵のことを夫として慕っていたからなのだろうか。

「おれとしちゃあ、小銭や綿入れや古い簪一本、そんなものはおとよに全部くれてやって、兄貴とも、その女房ともこれっきりにしろと言いたいところなんですが」

おみえを預かっている吉次親分としては、おみえのためにも、これ以上揉《も》め事には関わらせたくないというのが本心だろう。しかし吉次親分は迷っているのか、「だが……」と歯切れが悪い。

「さっき、おみえのやつが言ってきたんですよ」

先刻、おみえが帰宅した折に、吉次親分は奉行所で起こった顚末《てんまつ》を聞かされた。そして、あることをおみえから言われたというのだ。

「おとよを助けてやれねぇかって……ね」

平太と千世、くわえて作次郎や新七も、吉次親分の言葉にじっと耳を傾ける。

「おれぁ驚いちまって。だって、おとよは未遂とはいえ、お澄の店に入った盗人《ぬすっと》ですよ。そんな女、直蔵の女房じゃなくたって、どうせろくなもんじゃねぇ、どうなったって構うもんかって、おれははじめ思っておりやした」

だが、おみえは、それは違うと吉次親分とお澄に訴えたという。

「おとよにも事情があるに違いない。ほうっておいたら、また他所《よそ》で盗みを繰り返すかもしれない。ほんとうに罪を悔《く》い改めさせ、直蔵みたいに身を持ち崩さないためには、いま助けてやらなけりゃいけないって言うんです」

おとよの物言いや態度を見るに、もしかしたら、幼いころからまともに手習いを受けてこなかったのではないかと、おみえは見たという。だから直蔵の言いなりになってしまったし、盗みもさして悪いことと思っていない気配がある。だとしたら、誰かが、おとよに世の中のことを教えてあげなくてはならない。いまからでも誰かが手本とならなければならない。もっと様々なことを学べば、おとよも、直蔵のやってきたことに疑問を持つだろうし、おとよ自身もまっとうな道を歩めるのではないか。

何より、直蔵を通して偶然出会った縁ではあるが、こうして出会ったからには、危なっかしいおとよをほうっておけないと、おみえは思ったのかもしれない。

吉次親分の話を聞き終え、千世はしみじみとつぶやいた。

「そうですか。おみえがそんなことを。あの子は……優しい子ですね」

「ほんとうに、それに引き換え、おれはなんて心が狭いんだろうと、ここに来る道すがら考えちまいましたよ」

「そんなことはありませんよ。親分さんが、おみえのことを第一に気に懸《か》けてくださっているのは、わかっていますから」

吉次親分をなだめておいてから、千世はすこしの間だけ考え込む。そして何かを考えついたのか、あらためて切り出した。

「どうでしょう、親分さん。おみえがそこまで言うのなら、おとよのこと、しばらくうちで面倒を見させてもらえませんか」

「まさに、千世先生には、そのことをお願いしようと思っていたんです」

千世が申し出ると、吉次親分は居住まいを正してから頭を下げた。

「この通り。しばらく、おとよを千世先生のもとで見ていただけねぇでしょうか。世間知らずで知恵もなくて、江戸に来て直蔵みたいな男に食い物にされて、盗みにだって手を染めかけた。だが、まだ十五歳だってんだ。立ち直る見込みはあるんじゃないかって、おみえの言うことを聞いているうちに、おれもそんな気がしてきちまったんです。もちろん月謝ならばこちらで用意します。ここに通うのも、おれの家からでいい。ほかの手習い所だったらすぐに匙《さじ》を投げられるだろうが、千世先生ならばと思い、無理を承知のうえで、お頼み申します」

「無理なんかであるわけがありませんよ」

吉次親分に頭を上げさせてから、千世は、あえて深刻なそぶりはみせず、軽やかにほほえんだ。

「わかりました。おとよともよく話し合って、これからのことを考えましょう。おとよがここに通ってくるというのであれば、喜んで引き受けたいと思います」

「ありがとうございます、千世先生」

「おみえのためでもありますからね」

そうなのだ。おみえのためなのだ。千世と吉次親分のやり取りを傍らで見つめながら、平太も思った。

おみえは優しい娘だ。自分を売ろうとした兄のことも、いまだ心残りがあるのだろう。牢へ一度も会いに行かなかったことも、棘《とげ》となって心のなかに刺さっているに違いない。幼い頃に両親を失ったおみえにとって、たったひとりの兄がどれほど大きな存在だったか、平太にもわかる。その兄の代わりに、せめて、兄の女房であったおとよの世話を焼きたいと思っている、おみえの健気《けなげ》な気持ちを、誰が責められるだろうか。

こうしておとよは、おみえや吉次親分のたっての願いで、せせらぎ庵に通わせるべく話がまとまった。

あとは本人が、受け容れるかどうかだ。これからどうやって暮らしていくのかも含めて、よくよく話し合わなければならないだろう。

ひとまず、おとよの考えを聞くために、平太の部屋でやすませているおとよを、この場に呼んでくることになった。

腰を上げた平太は、さっそく自分の部屋に駆け戻って行く。ところが――部屋の手前までやってきて、平太は、「おや？」と異変に気づいた。おとよを待たせ、閉めてあったはずの部屋の襖が開け放たれていたからだ。

いやな予感がした。

「まさか」とつぶやきつつ、部屋に踏み込んでなかを確かめると、つい先刻までいたはずの、おとよの姿が消えていた。

平太は廊下をあわてて引き返し、玄関に出る。すると玄関の戸もまたおなじく開けはなたれていた。

「逃げられた！」

裸足のまま玄関の外まで駆け出した平太は、その場で呆然《ぼうぜん》と立ちすくんだ。

逃げ出したおとよが見つかったのは、せせらぎ庵から通り一本南に入った、赤《あか》城坂《ぎざか》沿いにある小間物屋だった。

おとよが逃げ出したことを悟った平太たちが、すぐさま近所を捜し回ったのだと、あまり遠い場所ではなかったので、案外すぐに見つかったのだ。

最初に駆けつけたのは、吉次親分だ。近所で小間物屋を見つけ、「もしや」と思ったのだ。しかも店の前では男ふたりが中を覗《のぞ》いていたので、いやでも目についた。

吉次親分が店に近づいていくと、それに気づいた男ふたり組は慌《あわ》てて逃げていったのだが、親分としては、それに構っている余裕はない。

閉まる間際の店のなかに踏み込むと、当のおとよがいて、店の入り口近くに置いてある簪を物色していた。銭などほとんど持っていないはずだから、簪を購えるわけもない。手に入れようとするのなら、盗むしかないはずだ。おとよが一本の簪に目をつけて、いまにも手に取ろうとしたところを吉次親分が引き留めた。

「おとよ、いったい何をやっている？」

「………」

簪を取ろうとした腕を摑まれても、おとよは無言のままこたえなかった。

「まさか、性懲《しょうこ》りもなく簪を盗もうとしていたのか」

やはり、おとよは返事をしない。吉次親分は「なんてやつだ」とあきれ返った。

おとよを引っ張ってせせらぎ庵に取って返したあと、探索から帰ってきたほかの皆の前で、あらためて叱責する。

「あの店には、盗みに入ろうとしたんだな？　どうなんだ？」

「………」

「違うなら違うと言え、どうして逃げたりした。お前はいったい何がしたいんだ」

「………」

「こたえないということは、後ろめたいことがあるってことでいいんだな。まったく、せっかくおみえが情けをかけてやろうとしたのに、これじゃ台無しだ」

たとえ、おみえのためとはいえ、もはや看過できない。吉次親分としては、己の女房であるお澄の店にも盗みに入られていることもあり、怒り心頭《しんとう》だ。相変わらず虚ろな表情でいるおとよの手を引っ張り、その足で番屋へ引っ立てて行こうとした。

だが、その直後だ。吉次親分がおとよの手を力いっぱい引いたとたんに、それまで無表情だったおとよが急に顔をしかめ、足をふらつかせたまま頽《くずお》れてしまったのだ。

そのままおとよは、番屋ではなく、牛込水道町内にある医者のもとへ運ばれた。

そこで驚くべき診立《みた》てがあった。

なんと、おとよのお腹に、赤ん坊がいるというのだ。

新七に案内され、医者のもとに駆け付けた平太と千世、くわえて作次郎は、赤ん坊のことを聞かされ、あまりの驚きにしばし言葉もなかった。

「間違いないのですか？」

ようやく我に返った千世が、医者に容体《ようだい》を問いただした。

医者の診立てによると、おとよはもうじき臨月に差し掛かるという。もともとふくよかな体つきであり、身幅のある着物を身に着けていたので、外見からは腹の大きさがさほど気にならなかった。ゆえに、おとよが赤ん坊を身ごもっていることを、千世でさえ気づかなかったのだ。

その医者のもとを辞したあと、千世は、白壁町で養生所を開いている木村義春に使いを出し、往診に来てもらうことにした。念のため、信頼できる医者にもう一度診てもらおうというのだ。

夜分の呼び出しだというのに、木村義春は、弟子の善次郎を連れて、せせらぎ庵に駆けつけてくれた。到着するなり、すぐにおとよの往診を行う。結果、やはり診立てはおなじだった。

「ずいぶんと順調に育っておるよ。母親も、お腹の子も、問題はなさそうだ」

水桶で手を洗いながら、義春は太鼓判を押してくれる。

「そうですか……」

ほっとしたのも束の間、千世をはじめ、周りの者の心境は複雑だ。

はたして赤ん坊の父親は直蔵なのか。おとよに、母親としての自覚があるのか。無事に産んだとして赤ん坊が育てられるのか。いよいよ、おとよの身の振り方が切実な問題になった。

直蔵という夫を失った十五歳のおとよが、手習いをしつつ、たったひとりで赤子を産み育てていくのは困難きわまりないとも思えたからだ。

おみえのたっての願いで、一度は、せせらぎ庵で受け容れることも考えたが、子育てとなると、また話は別である。おとよを実家に帰らせるべきではないかとの方法も頭をよぎる。

往診道具を片づけていた、義春の弟子である善次郎が、千世たちの表情をうかがいながら遠慮がちにつぶやいた。

「皆さま、あまり喜んではおられないのですね」

善次郎は、赤子を身ごもっているおとよが、何やら事情を抱えていることを察したのだろう。

「赤子が生まれるのは間近です。無理をさせてはいけない。なるべく暖かいところで、安静にさせてください。いかなる事情がおありかわかりませんが、いまはあの人が無事に赤ん坊を産むことができるよう、助けてもらうわけにはいかないのでしょうか。これまで大きなお腹を抱えて、大層大変だったと思いますよ」

「お腹に赤ん坊がいるというのは、体もかなりつらいのでしょうね」

平太は、善次郎に尋ねた。近頃、暇を見つけては木村養生所に見学に通っている平太は、善次郎のつとめぶりや患者に対する態度に、憧れを抱いている。おとよのことについても、善次郎の意見が聞きたかった。

「気鬱《きうつ》にも、なったりするんでしょうか」

「そうですね。体がつらいと気持ちも沈むでしょう。赤子を産むというのは、我々が想像するよりずっと大変なのです」

「だから、おとよさんはずっと元気がなかったんだろうか……」

しばし考え込んだのち、平太は千世に申し出る。

「千世先生、やっぱり、おとよさんのことを、せせらぎ庵で見てあげることはできないでしょうか」

「平太……」

「直蔵さんのことも、盗みに入ったことも、今日逃げたことも、ひとまずは目を瞑《つむ》って。いまはまず、おとよさんの体を守ってあげないと。これからのことは、赤ん坊を産んだあとでもいいんじゃないでしょうか」

平太に意見され、千世は表情をかすかに緩めた。

その後、大きく頷いた千世は、表情をあらため、「皆さん」と吉次親分や新七、作次郎に声をかける。

「平太の言う通りではないでしょうか。親分さんも、作次郎も、色々と思うところはあるでしょうが、いまは、おとよが無事に赤ん坊を産むまで、わたしたちで見守っていきませんか。今後の身の処しかたについては、落ち着いてから考えればいい。盗みをはたらこうとしたわけも、追い追い調べていけばいい。おとよと赤ん坊に何かあってからでは遅いのですから」

「千世先生のおっしゃる通りかもしれやせんね」

先刻まで、おとよを番屋に連れて行こうとしていた吉次親分も、自らの額をぴしゃりと叩いてから同意した。

「あの娘は、罪を裁《さば》くよりも前に、誰かがまっとうな生き方を教えてやらなくちゃいけないんでしょうね」

まだ十五歳だというのに、おとよの顔からはあまり生気がうかがえない。そうさせたのは、貧しさであり、世の理不尽《りふじん》であり、まわりのおとなたちであろうし、自らの不勉強のためでもあるのだ。

おとよが自分の生き方を見直さなければ、何も変わらない。

その方法を教え諭《さと》すため、誰かが手を差し伸べなければ、遅かれ早かれ、おとよは生まれてくる子とともに路頭に迷うことになるだろう。

「あらためて、おとよのこと、頼めますか」

吉次親分は、気がかりそうに千世の顔をうかがった。

「やはり、頼めるのは千世先生しかいねぇと思うんで。うちのおみえは、千世先生がよく見てくださったから、算盤もすっかり一人前で、しっかり者で、お澄を助けてくれている。何よりおれたち夫婦を慕ってくれている。我が子も同然、かわいい娘なんです。おみえがそんなふうになれたのも、一番つらいときに、あの子を見放さなかった、千世先生とせせらぎ庵の皆のおかげなんです」

だからこそ、おとよも救えるのではないか。

「意地の悪い言い方をしちまえば、おれたちは、どうやったって立ち直ることができねぇ人間をたくさん見てきた。こちらがどんなに情に訴えても響かねぇ、心を失っちまったやつは山ほどいます。おとよだって、ひょっとしたらそうかもしれねぇ。だが……」

——おとよが立ち直ることを、もうすこしだけ信じてみてもいいのではないか。

それは、吉次親分が大事にしている、おみえの願いでもある。

「だから、どうか、おとよへ手習いを授けてやっちゃくれませんか」

「もちろんです」と、千世もまた大きく頷いた。

「親分さんがそこまでおっしゃるなら、なおさら、気を引き締めておとよをお引き受けしましょう」

「ありがとうございます、千世先生」

その後、おとよはもともと暮らしていた長屋を引き払い、吉次親分のもとで、おみえとともに厄介《やっかい》になることになる。滞らせていた家賃は、作次郎らのはからいで工面した。医者の木村義春もときおり往診に来ると約束をしてくれたので、出産にあたっても、心強い後ろ盾を得ることもできた。

おとよを筆子の一員として受け容れる平太もまた、気張っていた。おみえのためにも、おとよが立ち直ることができるよう、できる限り手助けしよう、自分なりに気を配ろう。そう決心する平太だった。


おとよは、二年前――十三歳のときに実家がある川越から、江戸に出てきた。いや、逃げてきたというのが正しいかもしれない。

家族はもともと父親と母親、年の離れた兄とおとよの四人暮らしだった。ところが、兄が奉公にあがって家を空けていた、おとよが八つのときに、父親が病没した。しばらく母親とのふたり暮らしだったが、やがて母親がべつの男のもとへ再嫁《さいか》し、おとよもその家に入ることになった。

母親が再嫁した家での暮らしは、おとよにとって苦痛でしかなかった。母の相手は老齢であり、母親とともに身の回りの世話をさせられるだけではなく、母親の手が回らない分、ほかの家事はすべておとよに押し付けられた。くわえて、すでに独り立ちした相手の息子が、何かにつけて口出しをしてくる。覚えのない失態を責められ、苛《いじ》められることも多々あった。

それでも路頭に迷うよりはと辛抱していた日々だったが、おとよが十二歳になると同時に、再婚相手の息子が、勝手におとよの縁組を持ち出してきた。やはり年老いた男の後添えという口だ。

耐えかねたおとよは、母親と同じ目に遭うよりは——と、川越から逃げ出てきたのだ。

江戸に出て来てからは飲み屋の女中の口を見つけ、住み込みでつとめはじめた。そこで、常連だった直蔵と知り合い、所帯を持ち、いまの長屋でともに暮らしはじめたのだ。

直蔵の遊び癖のせいで暮らしは楽ではなかったし、生計はおとよひとりが立てていたが、それでも直蔵はよく、おとよの話し相手になってくれた。慣れない江戸暮らしでの心の支えであったし、幼い頃の苦労を分かち合うことで安らぎも覚えていた。

束の間の幸せだった。

一緒に暮らしたのは一年足らず、罪を犯した直蔵はお縄になり、牢に入れられてしまった。

その騒動のおかげで、おとよも飲み屋につとめることができなくなり、身重《みおも》の体でひとり残され、家賃も払えず、しかも直蔵が牢死したと告げられ、途方に暮れていたところだ。

いまの境遇を抜け出すには、己が変わらなければならないのだと、おとよ自身も思ったのだろうか。

千世や吉次親分、おみえたちの説得により、おとよは、せせらぎ庵に通うことを承諾したのである。

せせらぎ庵に、新しい筆子がやってくる――。

その噂は、おとよの身の処し方が決まったのち、数日後には筆子すべてに伝わっていた。

筆子たちのあいだでは、

「おみえちゃんが居候《いそうろう》している、吉次親分さんの家から通ってくるらしいぜ」

「でも、親分さんの子どもってわけじゃないんだろう？」

「親分さんの子なら、もっと前から手習いに通っているだろうに。遠い親戚の子ってことだろうか？」

など、どこで仕入れたものやら、さほど間違っていない話がのぼっている。

ことさら落ち着かないのは、おさととおゆうの女の子ふたりだ。どうやら新しい筆子は女の子だというので、「どんな子だろうね」と、期待と不安が半分ずつといった様子で囁き合っている。

ところが、いざ新しい筆子――おとよが手習いにあらわれると、ふたりは戸惑いを隠せなかった。

まず、おとよが、ふたりが想像していたよりずっと年上だったからだ。ふくよかな体と、貫禄のある顔つきによって、十五歳という実年齢よりもさらに二つか三つは年上に見えて、すっかり圧倒されてしまった。くわえて不愛想な態度に、近寄りがたさを感じてしまっていたのだ。

手習いがはじまる前、ふたりは千世の自室に呼ばれ、あらためておとよを紹介されて、さらに驚いた。

「あなたたち女の子ふたりだけには、お話ししておかなければなりません」

千世の前置きがあって、おさととおゆうは、おとよのお腹に赤ん坊がいることを知らされた。赤ん坊のことは男の子たちにはしばらく伏せるつもりだということも。さらに、おとよはまともに手習いに通ったことがないから、女の子たちに何かにつけて面倒を見てほしいということ。それらを丁寧に頼まれたのだ。

「赤ん坊、ですか……」

「……しかも来月には生まれるんですか？」

「ええ、そういうことになります。出産までは、体に無理がないよう、あなたたちも気をつけて見てあげてほしいのです。そして赤ん坊を産んでからは、おとよは母親として大黒柱にならなければいけないのですから、しっかりと手習いにも打ち込んでほしい。慣れるまで大変かもしれませんが、あなたたちにも、おとよと赤ん坊のため、手助けしてほしいのです」

おさととおゆうは、千世の話を呆気《あっけ》に取られながら聞いていた。

おゆうは、千世の横でぼんやりと座っているおとよを眺めたあと、部屋の隅に立っている平太に視線を向けた。

「平太は知っているの？　赤ん坊のこと」

「うん……いろいろ事情があって」

「そりゃそうよね、岡っ引きの吉次親分のところから通うっていうんだもの、わけありってことなのよね」

ため息をつくおゆうのとなりで、今度はおさとが口を開いた。

「おとよさんは、あたしたちと一緒に手習いを受けていて大丈夫なんですか。赤ちゃんのこともあるし、寝ていなくちゃならないんじゃないですか？」

「お医者さまの診立てによると、おとよのお腹の子は健《すこ》やかに育っているので、ずっと横になっていなくてもいいそうです。無理をしなければ、手習いを受けるのに差し障《さわ》りはありませんよ」

「ならば、いいんですけど」

おさととおゆうは顔を見合わせてから、おとよのそばに膝《ひざ》を進める。おさとがはじめに、おとよに声をかけた。

「あたしはさと。こちらは、おゆうちゃんです。今日からよろしく、おとよさん」

「………」

「困ったことがあったら言ってくださいね。その……赤ちゃんのこと、よくわからないし、たいした力にはなれないかもしれませんけど」

「……よろしくお願いします」

いまにも消え入りそうな声で、やっと返事をしたおとよだったが、相手の目を見返すことはなかった。相変わらず目を伏せたままで、すこし寂しそうに、自信がなさそうに、うつむいたままだ。

対するおさととおゆうの表情も、どう接したらよいかわからず、不安そうなままだった。

新たな筆子が入ってからの手習いは、これまでとほとんど変わりはなくはじまった。

というのも、新参者のおとよが、いるかいないのかわからないほど、部屋の隅にひっそりと座っているだけだったからだ。

少し前に入った桃三が、持ち前の明るさで場の雰囲気を変えてしまうことがあるいっぽう、おとよは文机《ふづくえ》の前にじっと座っているだけで、自らはほとんど動かない。おさとやおゆうが話しかけても、相槌《あいづち》を打ったり首をふったりするだけでろくに喋《しゃべ》らないし、やっと会話らしきものができたところで、どこか上《うわ》の空で話がかみ合わないのだ。

こうなると、誰とでも親しくなれる桃三の出番なのだが、桃三が雑談を持ち掛けても、おとよは相変わらずの不愛想だ。幾度かの会話ののち、さすがの桃三も匙《さじ》を投げて、ろくに話しかけなくなった。桃三でさえ持て余すくらいなので、ほかの筆子たちも、よほどのことがない限り話を振ることはなくなっていく。

おとよは、ただ決められた刻限にせせらぎ庵にやってきて、千世から与えられた手本を眺め、手伝ってもらいながら習字をしたり、読書をしたり、算盤を弾いたりしながら、それらを理解したか否かも言わないまま、ぼんやりと一日を過ごしていく。幾日かあとに復習をさせても、教えたことを覚えていないか、あるいはやる気がないのか、ほとんど解答ができずに、おなじことをふたたび指南しなければならないといった塩梅《あんばい》だった。

日を追うごとに、おとよはひとりでいることが多くなっていった。

おさととおゆうも、おとよの事情を知っているから、身の回りのことに気を配ってはいたが、楽しく話をすることはとうに諦めて、素っ気ない態度を取ることが多かった。おなじく事情を知っている平太も、おとよに何を話しかけていいのかわからず、机を並べ、ときおり指南書をめくるのも億劫《おっくう》そうなおとよの手伝いを、ただ黙ってやっているだけだった。

それでも、筆子たちがおとよを完全に見放さないでいるのは、毎日、おとよの送り迎えをするおみえの存在があったからかもしれない。

せせらぎ庵の元筆子であり、小間物屋で女中をやっているおみえが、店番の合間を縫って、おとよを送り迎えしているのだ。おみえがそこまでするからには、ほかの筆子たちも、おみえのけなげさにほだされて、どうにか関わってあげたいと思うのだろう。

平太なども、おみえがやって来た折に、

「平ちゃん、おとよさんのこと、くれぐれもお願いね」

と頼られると、気持ちを揺さぶられ、いますこしおとよの世話をしてみようかと思うのだった。

せせらぎ庵に通いはじめて半月ほど経っても、おとよの態度は、はじめの頃と大きく変わっていなかった。手習いのあいだは相変わらずぼんやりしていて、読み書き算盤も興味なさそうに、すぐに放り投げてしまう。

ただ、まるで変化がなかったかというと、そうでもない。

筆子たちが、おとよの不愛想にもめげず、しつこく接したおかげで、以前よりは返事をするし、すこしだけならば会話も交わすようになった。

くわえて、手習いは不得手のままでも、興味を示すものができた。おさとやおゆうが、手習いの合間を見つけてやっている裁縫を、ときおり覗き込んでいるときがあるのだ。

だが、いざおさとたちと目が合いそうになると、すぐに顔をそむけてしまう。おさととおゆうも、おとよに見られているのに勘づいているのだが、盗み見るだけで話しかけてこないことに苛立ちをおぼえるのか、おさとたちのほうから話しかけることもなかった。

その様子を見ていても、千世は、おさとたちに無理に仲良くしろとは言わない。

わけを平太が尋ねると、

「強いられて仲良いふりをしても、長つづきはしませんからね」

ということらしい。

そんな三人の様子に変化が生じたのは、おとよが臨月に入り、いよいよ腹のふくらみが目立ちはじめた頃だ。

じきに母親になろうとしているおとよの姿に思うところがあったのか、一日の手習いが終わったあと、おみえの迎えを待っていたおとよに、おさとが思い切って声をかけた。

「おとよさん、お願いがあるのだけど。いいかしら」

「……はい」

「この生地の端を押さえておいてくれないかしら」

「えっと……」

この日、おさととおゆうは、いつもの手習いのほかに、千世から行儀作法の手ほどきを受けるために居残っていた。ときおり、ふたりの予定が合うときだけ特別に作法指南をしてもらっているのだ。いったん休憩に立った千世が戻るまでのあいだ、縫物の練習をしていたおさとは、さらに話しかける。

「ねぇ、おとよさん、お願い。おみえちゃんが迎えに来るまででいいから、縫物のお手伝いをしてくれると助かるのだけど」

かねてから縫物に興味をしめしていたおとよだ。すこし迷ったそぶりをしたあと、無言のまま頷いてから、おさとのほうに膝を進めてくる。

おさとは、そんなおとよにほほえみかけた。

「いまね、単衣《ひとえ》を縫い上げたいと頑張っているところなの」

おさとは近頃、夏場に向け自らの単衣を縫い上げようと、空いた時間を使ってこつこつと縫物を進めていた。右手があまり動かないおさとは、針のほかに布を押さえているのがひと苦労だ。もちろん普段は、不自由ながらもひとりでも縫物をこなすのだが、おとよとの会話のきっかけを作るために、布の端を押さえてほしいとあえて声をかけたのだ。

文机の上を片づけていたおゆうも、その様子を見て会話に加わる。

「おさとちゃん、ずいぶんと縫物がはかどるようになったよね。あたしにも今度教えてよ」

「ええ、いいわよ」

「ありがとう」とこたえてから、おゆうもまた、おとよに話しかけた。

「おとよさんは、どうなの。縫物は得意なの？」

布の端を握りしめながら、おとよは「いえ……」と、ぎこちなくかぶりを振った。

「ふぅん、読み書きも算盤もできない、縫物も苦手、たぶん料理や洗濯もろくにできないんでしょう。そんなので、これから母親になろうってんだもの。先が思いやられる」

おゆうの辛辣《しんらつ》な言葉に、当のおとよより、おさとのほうが困惑して、「おゆうちゃんったら」とおもわずたしなめた。だが、おゆうは悪びれもせずつづける。

「おとよちゃんのために言ってるの。苦手ならば、おさとちゃんにちゃんと教えてもらいなさいよ。そうだ、赤ん坊のおしめを縫うのなんて、お稽古《けいこ》にはうってつけじゃないの？」

おとよは、相手の言わんとすることをはかりかねたのか、おどおどしたまなざしで、おゆうのことを見返してくる。

腰を上げたおゆうは、おさとの道具箱から針と糸を借りて、おとよのほうに差し出した。

「あたしも縫物は苦手だったけど、おさとちゃんに習って、雑巾《ぞうきん》くらいなら縫うことができるようになったの。雑巾もおしめも、さほど変わらないでしょう。教えてあげるから、ちょいとお針を持ってみなさいよ」

「……」

おとよはすぐにはこたえず、不安そうなおももちで、おゆうが差し出した針と糸を見つめていた。

「おとよさん、何か言ってくれないと、わからないんだけど。嫌なら嫌とはっきり言ったらどうなの。無理には勧めないわよ」

「お……」

「何ですって？」

「教えて……ちょうだい。お願い」

くぐもった声で、おとよはやっと己の意思を口にした。

針と糸を持ったおゆうも、自らの縫物をしていたおさとも、一瞬だけ驚きに目を見開いたが、ふたりともおとよのこたえに満足して笑顔になる。

おゆうが、おとよに針を握らせた。

「いいわ、やってみましょう。まっすぐに縫うだけなら簡単だから」

「端切《はぎ》れならたくさんあるから、まずは、それで試してみるといいわよ」

「……糸は、どうやって針に通すの？」

「そんな初歩からなの？」と、一度は呆気に取られたおさととおゆうは、ついに我慢できずに噴き出してしまった。

「これは教えがいがあるわね、おゆうちゃん」

「まさか、糸通しからだとは思わなかったわよ」

おさととおゆうにつられ、おとよもかすかに笑みを浮かべた。

こうして、すこしずつおとよも変わっていく。はじめは女どうしで話ができるようになり、以後は、ほかの筆子たちとも関わろうという姿勢を見せはじめた。自ら話しかけることはほとんどないのだが、話しかけられると、小さな声でこたえていく。

手習いの間中もほとんど興味なさそうにしていたのが、千世の話を進んで聞こうとするし、与えられた課題にも自ら取り組みはじめた。やる気さえあれば、飲み込みは早いのかもしれない。これまで遅々として進まなかった教本を、数日でこなしてしまったほどだ。

これまで千世は、おとよが自らの意志で動くまでは、うるさいことはいっさい言わなかった。とはいえ、おとよの変化が嬉しくないはずはなく、いつになく指南に熱が入っているのが、端《はた》から見ていても平太にはわかった。

おとよがすこしずつ手習い所に溶け込んでいくことで、ほかの筆子たちの、おとよに対する遠慮や緊張も、すこしずつ和《やわ》らいでいくのが感じられた。

もちろん、おとよは相変わらず愛想がなく、自ら話を切り出すことも少ない。

だが、ほかの子どもたちも、部屋の隅にひっそりと座っている存在を、特別に気にすることもなくなった。もちろんそれは、おとよを疎外しているわけではなく、せせらぎ庵に、おとよがいることが、当たり前の日常になりつつあるからだ。

ようやくせせらぎ庵の雰囲気も落ち着いてきた頃。

この日、筆子たちは、午後の手習いを早めに切り上げ、千世も同行しておもてへ出かけることになった。

きっかけは、急に暑くなってきたため、手習い部屋のなかが蒸して息苦しくなったからだ。

皆が額に汗をかき、暑さのせいで気もそぞろになりつつあったときに、「これから川原へみんなで出かけないか」と、千世に持ちかけたのが桃三だった。

「こんなに蒸し暑くちゃあ、手習いどころじゃねぇよ。たまにはおもてで体を動かすのもいいじゃないか」

桃三としては、手習いをサボりたい気持ちもあったのかもしれないが、暑さのために手習いどころではなかったのも本音だろう。体がまだ暑さに慣れていないせいもある。

ほかの筆子たちも手習いに集中できていないことが千世にもわかったので、この日は、おもいきって午後の手習いは中断し、川原に出かけることになった。

千世が先導して、神田川のほとりに向かった一同は、川のなかで涼んだり、川原で石を拾ったり、拾った石で水切りで競い合ったりして、束の間の息抜きを楽しみはじめる。

手習い部屋の片づけを簡単にすませてから、皆よりすこし遅れて川原にやってきた平太は、まずは土手の上で大きく伸びをした。

「たまには、こんなのもいいなぁ」

熱がこもっていた手習い部屋とは違い、川沿いの空気は、やはり清々《すがすが》しかった。

深呼吸をしてから、「さて、何をして遊ぼうか」とあたりを見渡してみる。

土手の下、川原ではしゃぐ筆子たちの姿を平太は見つけた。皆と合流するために土手を下りかける。だが、そこで、はたと足を止めた。自分とおなじく、土手の上から川原を眺めている人物がいることに気づいたからだった。

平太が立っている場所からすこし離れたところ、うつむき加減の男が、険しい表情で川原のほうをじっと見つめていた。その様子からして、息抜きに来たとも思えない。場にそぐわぬ雰囲気を感じ、平太はしばらくその人物を観察していた。だが、平太の視線に気づくと、男は顔を逸《そ》らし、立ち去ってしまった。

　このとき平太は、かすかに不審を感じながらも、

「誰かの知り合いだったのかな」

と、あまり深刻には考えなかった。

　男を見送ったあと、あらためてあたりを見回してみると、土手の端に座り込んでいる、格之進とおとよの姿を見つけた。

　格之進は病がちなので、皆と一緒に走り回ることができない。水に浸かってむやみに体を冷やすこともできなかった。おもてで遊ぶときは、いつも見守るだけだ。おとよもまたお腹に赤ん坊がいるので走るなんてできない。動けないものどうし並んで座しているのだが、陽だまりのなかで、いつも寂しげなおとよの顔がどこか晴れやかに見えた。

　平太がもう少し近づいていくと、ふたりの会話が耳に入ってくる。

「おとよさんは、皆のところへは行かなくていいのかな」

「……あたし、いまは走れなくて」

小さな声で、おとよはこたえていた。平太が知るかぎり、せせらぎ庵に通いはじめ、おとよが格之進と話をしたのははじめてかもしれない。最近でこそほかの筆子とはすこしずつ会話をしているおとよだが、武家の子である格之進とは、ほかの子たちより、さらに距離を置いていたそぶりだったからだ。

だが、格之進のおだやかな物言いは、あたたかな日差しとあいまって、おとよの警戒心をすこしだけ解いたのかもしれなかった。

返事を受けた格之進は、にこりと笑って、さらに問いかける。

「ひょっとしたらと思ったのだけど、おとよさんも無理ができない体なんだね？」

「………」

ふたりの背後で話を聞いていた平太も、おもわずどきりとした。格之進は、おとよの腹に赤ん坊がいることに気づいているのだろうか、と。

だが、格之進はそのことについては何も言わずに、自らの話をつづける。

「わたしも昔から体が弱くて、走るどころか、つい昨年までは手習いにもろくに通えなかったんだ。だから、おとよさんが怯える気持ちも、寂《さび》しさや焦《あせ》りも、わかる気がする」

「……」

「でも、こうも思う。せせらぎ庵ではないところに通っていたら、もっと孤独は深かったんじゃないだろうか。こんな年になってまで、ろくに手習いができなかった己を、情けないと卑下していたんじゃないかと。早く一人前にならなければいけないと、焦って焦って、よけいに体を壊していたんじゃないかって」

おとよは、いつも伏せている視線を上げて、となりに座る格之進の横顔を見つめながら、黙って話に聞き入っていた。

格之進は、川原で遊ぶ筆子たちをまぶしげに見つめたまま言葉をつづけた。

「わたしは、せせらぎ庵に来られて、ほんとうによかったと思っている。おとよさんも、いつかそう感じられたらよいのだが」

生まれつき体が弱く、他所の手習い所では皆についていけなかった格之進が、せせらぎ庵に安心して通いつづけられるのは、千世や平太、ほかの筆子たちが、格之進の苦しみや孤独に寄り添ってくれるからだ。それは、平太たちもまた、何かしらの負い目や孤独を経験していて、心の痛みを知っているからかもしれない。

だから、ほかの誰かが苦しんでいるとしたら、今度は自分が皆を助けたいのだと、格之進は語る。

「おとよさんも、もし困ったことがあれば、皆にもっと頼ってみるといい」

「……あたしが、そんなことをしていいのでしょうか」

喜怒哀楽に乏しかったおとよの顔が、急に、苦しそうに歪《ゆが》む。虚ろだった表情が、やっと動いたのだ。感情らしい感情があふれたところを、平太ははじめて目にした。

「あたしはこれまで、人の邪魔をしたり、見捨てたり、迷惑をかけてばかりで、誰かの助けになったことなんかないのに」

「どうしてそんなふうに思うんだい？」

「だって、ほんとうのことなんですもの。わたしは昔から役立たずで、辛抱も足りなくて……」

「きっとそんなことはない。いや、たとえそうだとして、おとよさんはこれから変わることができる。いずれ、自らが助けになりたい、心から役に立ちたいと思える人に出会えるのだと思う」

「格之進さんは優しいんですね。これまで……」

いったん言葉に詰まったおとよではあるが、息を整えてから、いつになくはっきりとした声音で言った。

「これまで、あたしにそんなことを言ってくれる人はいなかった。実の親も、江戸に出てきてから知り合った人たち誰も」

「……………」

「ええ、ほんとうに。だから、格之進さんが言ったとおりになるといいと思います」

土手に座り込むふたりに声をかけようとして、平太は思いとどまった。

心が痛んだのだ。おとよのことを勘違いしていたのだと悟った。おとよに感情がないなんて、ぼんやりしているだけだなんて、自分は決めつけていたのだと感じた。

――感情がないなんて、そんなこと、あるはずがないじゃないか。

平太は、川面を見つめるふたりの姿を見つめながら思った。おとよにだって感情はある。哀しみも喜びも知っている。いつもは感情をあらわにせず、圧《お》し殺し、何ごとにも興味がない素振りでいたのも、己を守るため、お腹の子を守るためではないのだろうか、と。

ふと、そんなことを考えた。

平太は、けっきょくふたりに話しかけることができないまま、土手の上で立ちつくしていることしかできなかった。

そして——川遊びをしてから数日後のことだ。

せせらぎ庵に、ある知らせがもたらされた。臨月に入っていたおとよが、ついに産気づいたというのだ。

知らせてきたのは、いつもは、おとよを送り迎えしているおみえだ。今日は慌てふためいた様子で、たったひとりでせせらぎ庵にやってきた。

朝方、吉次親分の家をおみえとともに出ようとしたおとよが、玄関先でうずくまり、そのまま腹を抱えて苦しみだしたという。おとよが腹の痛みを訴えたら、かねてより、白壁町の木村養生所に使いを出すことになっていた。すぐさま吉次親分が新七を向かわせ、すでに木村義春や弟子の善次郎が往診に来てくれているとのことだ。

「だから、千世先生や、平ちゃんにも知らせようと思って」

息せき切って駆けつけたおみえは、門前の掃き掃除をしていた平太に仔細を告げる。

慌てふためいたのは、今度は平太だ。

竹箒を放り投げた平太は、部屋のなかに駆け込み、千世にことの次第を伝えるのだが、その間にも、いつも通り筆子たちは通ってくる。平太たちの慌てぶりに、不審そうな顔をしていた筆子たちは、この段になって、おとよが赤ん坊を身ごもっていることを知ることになった。

もちろん、この日は手習いどころではない。

せっかく通ってきた筆子たちは、ひとまず自宅に引き返したのだが、おとよと赤ん坊のことが気になってじっとしていられるわけもなかった。誰が最初に言い出したものか、ひとりが誰かを誘い、その子たちが、またもうひとりを誘い、けっきょくはせせらぎ庵の子どもたちのほとんどが、吉次親分の家へと押しかけた。

「まぁ、あなたたち、今日は家でおとなしくしているようにと言ったじゃありませんか」

おとよの様子を見るため吉次親分宅に出向いていた千世は、押しかけてきた筆子たちの姿を見て呆れた声をあげる。

とはいえ、いまさら子どもたちの興味を抑えられるはずもなかった。

筆子たちは、千世にいっせいに問いかける。

「ねぇねぇ千世先生、おとよさんが、ほんとうに赤ん坊を産むのかい？」

「おいら、すこし前から、お腹が大きいなぁって思ってたんだ。女の子たちだけ知らされてたなんて狡《ずる》いや」

「生まれるのは、男の子？　女の子？」

「そんなの生まれてみなきゃわからないだろ！」

「いつ生まれるの？　いますぐ？　明日？　明後日《あさって》？」

子どもたちの好奇心が洪水となって千世に向けられた、そのときだ。

部屋の奥から、けたたましい泣き声が聞こえてきた。

それまで騒がしいことこの上なかった子どもたちが、いっせいに静まり返る。

千世もまた息を呑んで廊下を振り返った。

廊下を進んで右手にある部屋の襖が勢いよく開かれ、平太とおみえが飛び出してくるところだった。

「千世先生、みんな！」

慌てるあまり、躓《つまず》いて転びそうになった平太は、なんとか持ち堪《こた》え、玄関に立っている千世や筆子仲間たちへ向かって呼びかけた。

「生まれたよ。女の子だって！」

瞬間、千世も筆子たちも、互いに抱き合ってから歓声をあげた。その輪に、平太とおみえも加わる。

男の子たちは大いにはしゃぎ、事情を知らされていたおさとやおゆうは涙ぐんでいる。平太とおみえは、泣き笑いをしながら喜びを嚙みしめ合った。そんな子どもたちを見守っていた千世も、そっと目元をぬぐっている。

しばらくして、

「母親は落ち着いていて乳《ちち》も出ている。子も丈夫そうだし、ひとまず安心だろう」

そう言って、木村義春が養生所へ帰っていき、吉次親分やお澄が、何度も頭を下げながらそれを見送っている。

吉次親分たちの顔も、まるで我がことのように晴れやかだ。

おとよは、いまは静かに眠っているという。起き上がれるようになってからは、これからの身の振り方を、皆で相談しなければならないだろう。千世と吉次親分は、あらためて話し合いの場をもうけると約束をしてから、この日、一同は解散した。

帰る道中、平太も千世も、筆子たちも皆、浮足立っていた。名はどうするのだとか、また明日も様子を見に来ようとか、どんな子になるだろうかと気の早いことを語る者もいる。

誰しもが、おとよの出産を祝福していた。

ところが、皆のそんな思いとはうらはらに——。

数日が経っておとよが床払いをし、赤ん坊の体調も安定し、これからのことを話し合おうとなったときのこと。おとよが、吉次親分宅から、赤ん坊とともに姿を消した。

おとよは、またも逃げたのである。

生あたたかい雨の日のこと。午後の手習いがはじまる頃、「おとよが姿を消した」と、雨に濡れた新七が知らせに駆けつけてきたとき、さすがの千世もはじめ開いた口が塞がらなかった。

午後の手習いのために筆子たちがちらほらとあらわれはじめ、事情を知ると、落ち着かない表情で、千世はいったいどうするのだろうと見つめている。

平太もまた、今度という今度は、怒りがこみ上げた。

せっかく、せせらぎ庵になじみはじめて、ほかの筆子たちとも心を通わせ、赤ん坊も無事に産み、今後のことも前向きに考えていたと見えていただけに、よけいに落胆は大きかった。

――今度こそ、千世先生もおとよを見放すのではないか。

だが、それもやむを得ない。おとよは、それだけのことはしたのだと思っていた。

ところが千世は、しばらく考えたのち、手にしていた教本を文机に置いてから意外なことを言った。

「わたしも捜しに行きましょう」

平太はすかさず言った。

「吉次親分がすでに、ほうぼう手を尽くして捜しています。おみえちゃんも、伊庭さまに応援を頼みに行ったとか。新七さんもさっき言っていたでしょう。このまま親分さんたちにまかせてもいいんじゃないですか」

「それでも、おとよがこんなときに、落ち着いて手習いなどできますか」

「でも……」

平太は乗り気になれなかった。

手習い部屋に集まっていたほかの筆子たちが、千世と平太の様子を遠巻きにうかがっている。

「でも、千世先生」

言うか言うまいか、平太は迷っていたことを、ついに口にした。

「おとよさんを、捜さなくてはだめなんですか」

「なんですって？」

「だって、そうでしょう。逃げたっていうことは、捜してほしくないんだ。ほうっておいたらいいいんじゃないですか」

「平太……」

「あの人は、お澄さんの店に盗みに入ろうとして、ほかの店でも騒ぎを起こしたけど、伊庭さまは、盗みはまだしていないと穏便《おんびん》にすませてくれた。そして、千世先生や吉次親分、新七さん、おみえちゃんだって、おとよさんが立ち直ると信じて、手習いに通わせた。親分さんにいたっては、月謝だって肩代わりしていた。おさとちゃんやおゆうちゃんだって、身重の体を労《いたわ》ってあげていたし、ほかの皆だって、あの人が馴染《なじ》めるように気遣っていたんだ。せせらぎ庵のひとりとして受け容れようとしてくれていた。おとよさんには黙っていたけど、おれは安産祈願のお参りにだって行ったんだ。それなのに……あの人は、皆のことを裏切った」

悔しさのあまり、涙があふれそうになったが、平太はどうにか堪《こら》えた。

おとよのために泣いてやるものかという気持ちがあったからだ。

「あんな人のために、これ以上、何かをしてあげることはないじゃありませんか。逃げたきゃほうっておけばいい。好き勝手にさせて、盗みを繰り返すならそうさせて、もう関わらなければいいじゃないですか」

平太が口を閉ざすと、手習い部屋に沈黙が流れる。

千世は目を細め、平太をじっと見返してくる。ほかの筆子たちも、戸惑いの表情を浮かべていた。

そんな周りの反応で、平太はすぐに我に返った。言い過ぎたと後悔した。

その直後、千世がおもむろに立ち上がり、平太の目の前まで進み出てきた。ついで右手を上げたと思ったら、平太の額めがけて、強烈なおでこ鉄砲を見舞ってくる。

「痛いっ！」

額を押さえながら平太が悲鳴を上げると、千世が厳しい口調で問いかけてきた。

「あなたは、ほんとうにそれでいいと思うのですか」

「……」

「まだ十五歳のおとよが、赤子を抱えて無事に生きていけると思うのですか。皆を裏切ったから、身を持ち崩そうが、命を落とそうが、それも仕方ないと言うのですか。おとよに万が一のことがあれば、赤ん坊はどうなります。赤子にはまるで罪はない。直蔵が父親だったとしても、そうでなかったとしても、親が負ったしがらみを、赤ん坊にまで押し付けていいと本気で思うのですか」

「……でも、おとよさんを見つけられたとしても、あの人はまた逃げ出すんじゃないですか。そうなったら、あの人のために、おれたちは何をしてあげられるんですか」

「何ができるかはわかりません。ですが、一度は縁あってともに過ごした間柄じゃありませんか。いまさら、おとよのことも赤ん坊のことも、知らなかったことにはできません。このままほうっておいて、あとになって、あのとき助けられなかったと悔いることはしたくありません」

「……」

「おとよをほうっておいたことを、あなたは、ずっと後悔しないと言えますか」

平太が言葉に詰まっているあいだにも、千世につづいて、ほかの筆子たちがつぎつぎと立ち上がった。

留助は、年下組の茂一、弥太郎、亀三を呼び、三人には、万が一おとよがせせらぎ庵に来たときのために、この場で待っているようにと告げる。桃三とおさととおゆうは、それぞれ場所を決めて、捜し回る算段をつけはじめた。格之進は、ひとりだけじっと机の前に座ったままだったが、何かを決心したように頷くと、黙したまま平太のとなりをすり抜け、玄関へと駆けだして行った。

すると格之進につづいて、留助や桃三たちも、ついで千世も、部屋を飛び出していく。

それらの背中を見送ったあと、平太もまた身を翻《ひるがえ》した。

――そうだ。おとよさんをほうっておいたら、きっと後悔する。

まだ迷いはあった。すぐに許す気にもなれなかった。おとよを見つけても、また裏切られるかもしれないという疑いは晴れない。だが、もう一度だけ聞きたいと思った。なぜ逃げるのかを。逃げなければならない事情があるのなら教えてほしかった。

それ以上に、おとよを見放したら、これから先、それを思わない日がないこともわかっていた。生きているかぎり、おとよと赤ん坊を見放したことを悔いる自分の姿がありありと浮かび上がる。

生あたたかい小雨が舞う外へと飛び出し、おとよの姿を求めて駆け出した。

「どこへ行ったんだ、おとよさん」

ひとまず町内を見回るべく、平太は雨のなかをひた走っていた。

おとよは、いったいどこへ行ったのだろうか。生まれたばかりの赤ん坊を抱えているのだ。そう遠くへは行っていない気がする。

せせらぎ庵の近所を捜し回ったのち、ふと思い立った。

「もしかしたら、また小間物屋へ行ったのではないだろうか」

これまでおとよは、何度か小間物屋に盗みに入っている。おみえがつとめる「すみのや」や、町内の店。ほかにも何軒か目星をつけているかもしれない。なぜ、おみえが小間物屋で盗みをはたらこうとするのかはわからないが、今回もまた、そのつもりなのではないか。

「町内に、もう一軒くらい小間物屋はなかっただろうか」

以前にも一度、せせらぎ庵から逃げたおとよが、赤城坂沿いにある小間物屋に入ろうとしたことがあった。二度もおなじところへは行かないだろうから、もう一軒、近所に小間物屋があれば、そこへ行っているかもしれない。

だが、男の子である平太には、小間物屋の所在の記憶はおぼろげだ。

「たしか……川沿いの一角に、もうひとつ小さなお店がなかったかな」

そう思ったときには、平太は神田川へ向かって走っていた。あてずっぽうで捜すよりは、すこしでも目当ての場所があるほうがよかった。どうにか勘が当たっていてほしいと心のなかで願いつつ、しだいに勢いが増してきた雨のなか、全身濡れねずみになりながら走りつづけた。

やがて目の前に川の流れが見えてきたころ、おぼろげな記憶を頼りに店を捜す。すると目当ての場所が見つかった。川沿いの通りから、一本奥まったところにある小さな店だ。

「あそこだ！」

ここに来るまでに、すっかり息が上がっていた平太だが、己を叱咤《しった》し、目当ての店へ駆け込もうとする。が、つぎの瞬間、店の中から飛び出してきた人物と、ぶつかりそうになってしまった。平太が後ずさりし衝突は避けられたのだが、中から出てきた者は、傘も差さずに雨のなかを駆け去っていく。

「おとよさん⁉」

店の中から出てきたのは、何と、赤ん坊を抱えたおとよだった。小間物屋に出入りしているのではないかという平太の勘が当たったのだ。だが、当のおとよは、平太をちらと見たきり、足を止めることはない。

「待って、おとよさん」

「待ちやがれ、おとよ！」

平太がおとよを追いかけようとするのとほぼ同時に、店の中から、もうひとりの人物が、おとよを追って飛び出してきた。今度こそ平太はその人物にぶつかってしまい、「邪魔だ、小僧」といわれ、押し飛ばされた。

尻もちをついた平太は、痛みに顔をしかめつつ、相手を見上げた。

若い男だった。二十歳《はたち》をいくらも過ぎてはいまい。両目が細く吊り上がった険しい顔つき、髪は乱れ、垢《あか》じみた着物姿が、いかにも身持ちが悪そうだった。その男のほかにも、もうひとりが店から出てくる。最初の男と似たり寄ったりの風体だ。平太にぶつかった若い男は、舌打ちすると、ひっくり返った平太をそのままにして、すぐさま、おとよを追いかけていく。

逃げるおとよと、それを追う男ふたり、それらの背中を見送りながら、平太は不穏なものを感じずにはいられなかった。

――もしかして。

おとよが何度か町内から逃げ出そうとしたのは、幾度か小間物屋に盗みに入ったのは、そして、いつもぼんやりとした態度をよそおっていたのも、もしや、あの男たちのせいなのではないか、と。

「追いかけないと！」

濡れた地面に足を滑らせながらも、平太はやっとのことで起き上がり、おとよたちを追いかけて走り出していた。

すでに遠ざかってはいたが、降りしきる雨のなか、男たちの背中だけがかろうじて見えた。それを追いかけ、川沿いの通りに出て右手に曲がり、ふたたびおとよたちの姿を捜した。

平太は、遠目におとよの姿を見つけた。

おとよは、川沿いの土手を走っている。何度か振り返り、男たちが執拗《しつよう》に追いかけてくるのを見ると、あわてて土手を駆け下りていった。赤ん坊を抱えながらであやういのだが、逃げているほうは、追いつかれまいと懸命なのだろう。

男たちは、おとよが土手を降りたのを見ると、自分たちも土手の下へと飛び降りて行った。軽い身のこなしで、相手にいっきに追いつかんとする。平太も懸命に走ったが、男たちが、おとよに追いつくほうが早そうに見えた。

とうてい間に合わないと思った。

なぜ、男たちは、おとよを追いかけるのかわからないが、おとよを彼らの手に渡してはいけない予感がする。だから、間に合わないと思っても、息が苦しくとも、男たちに敵《かな》わないかもしれないと思っても、足を緩《ゆる》めることはできなかった。

そんな平太の目の前で、おとよもまた、追手から逃げきれないと思い詰めたのか、赤ん坊を抱えたまま、ついに川のなかに足を踏み入れた。だが、たちまち深みにはまり、体をよろめかせ、抱えた赤ん坊さえも取り落としそうな姿勢のまま、先にも後にも進むことができなくなってしまった。

川原に降りた男たちが、足を踏ん張りながら、ゆっくりと川のなかへ入っていく。

それらを追いかけて土手を転げるように駆け下りていた平太の耳に、ひとりの男の声が聞こえてきた。

「ここまでだ、観念しろ、おとよ」

「……」

「直蔵が持っていた簪を渡せ。お前がほかの店で盗もうとした安物の簪じゃねぇぞ、直蔵の持っていたものだ。前々からおれたちで話し合っていたよな。直蔵が後生大事に持っている簪を、いずれ機を見ておれたちで奪い取り、売り払っちまおうって。その金は山分けにしようって」

それなのに、話が違うじゃねぇか——と、べつの男が悪態をつく。

「直蔵が牢死したら、やつが持っていたものは、女房だったお前に手渡される。そうしたら簪はおれたちに寄越せと言ってあったのに、お前は裏切ったな。田舎《いなか》から出てきたお前の面倒を見て、飲み屋ではたらかせてやっていたのは、おれたちだっていうのに」

「……」

「ずっと見張っていたんだよ。直蔵から譲り受けたものを手放したくない一心で、いまの店や、ほかの店、いずれかで簪を盗むことができたら、それをおれたちに渡そうとしていたんだろう。そんなんで逃げ切れると思っているのか！」

言う間にも、川のなかに踏み込んだ男たちは、おとよとの間合いを、じりじりと詰めていく。おとよは相変わらず足を動かすことができない。赤ん坊を抱きしめ、身を屈めながらも、逃げることも抗《あらが》うこともできそうになかった。

男たちの手が、いまにもおとよに届こうとした、そのとき――。

「千世先生、伊庭さま、いました、おとよさんです。ここにいますよ！」

「早く、早く！　おとよさんを助けておくれよ！」

土手の上から、緊張した複数の声が聞こえてくる。

平太があわてて背後を振り返ると、土手の上に、留助と格之進が立っているのが見えた。全身ずぶ濡れのふたりが、両手を大きく振ったり飛び跳ねたりしているのだが、さらにその後ろから、黒い人影がぬっと視界にあらわれた。

黒い人影は、町廻り同心の伊庭作次郎である。

作次郎はいっきに土手を飛び降りると同時に腰のものを抜きはなち、迷わず川のなかに踏み入った。無言のまま、川の流れなどもろともせずに突き進み、おとよと男たちのもとへ近づいていく。平太もつられるように勢いよく走り、川の縁まで辿り着いた。

作次郎のことに気づいた男たちは、慌てふためいた。ひとりは、おとよのほうへ手を伸ばし、自分に引き寄せようと動いた。もうひとりは、「邪魔するな！」と叫びつつ作次郎のもとへ向かってくる。

だが、作次郎の動きのほうが素早かった。

作次郎は、ふところから匕首《あいくち》を引き抜きつつ襲い掛かってくるひとりの男の脇をかいくぐり、もうひとりへと体当たりして、川のなかで立ち尽くしていたおとよに手を伸ばした。

「こっちへ来い！」

呼びかけた作次郎は、赤ん坊ごとおとよの体を手繰《たぐ》り寄せると、自らの背後へとかくまった。

作次郎は、背後にいる平太に呼びかける。

「平太、おとよを連れて逃げろ」

「はい！」

作次郎に言われたときは、平太もまた川の浅瀬まで足を踏み入れていた。作次郎によって助け出されたおとよの手を摑んで引き寄せ、川の中から引っ張り上げる。

「おとよさん、怪我はないですか？」

「え、ええ……」

川原へ掬《すく》い上げられたおとよは、息も切れ切れのまま、目には涙を溜め、掠《かす》れる声でやっとこたえた。

おとよの返事を耳にして、平太はほっとひと息をついたのだが、事態はまだおさまっていなかった。当然、おとよを奪われた男ふたりは黙っていない。匕首を構え直し、作次郎目掛けて襲い掛かってくる。

だが、相手に怯《ひる》むことなく、作次郎は男たちに対峙《たいじ》した。

素早い刀捌《さば》きでひとりの匕首をいなすと、ついで強烈な蹴りで弾き飛ばす。残るひとりとは、川のなかを駆けながら間合いをはかった。相手がすばやく突いてきたところを身をひるがえしてかわし、刀の柄で相手の腹を強打する。そこで、もんどりうった男の首根っこを左手で鷲《わし》摑みにし、そのまま川のなかへと押し倒した。激しく水しぶきがあがり、背中を打った男はたまらず悲鳴をあげていた。

「観念しろ！」

すかさず組み伏せた男の喉元に切っ先を突きつけたところで、ようやく相手の反撃がすべておさまった。

「こいつぁすげえ、さすがは伊庭さまだ」

「おみごとでございました」

捕り物劇に感心したように声をあげる留助と格之進のあとに、さらに千世が姿を見せ、騒ぎを聞きつけたらしい吉次親分や新七、ほかの女の子たちもが土手の上に集まって来ていた。

新七は大急ぎで土手を駆け下り、自らも川のなかに入って、作次郎が倒した男たちを縄で縛り上げていく。

それを見届けたあと、川のなかから這い出た作次郎は、平太によって掬い上げられ、川原に座り込んでいるおとよのもとへ歩み寄っていった。

「おとよ」

「………」

おとよと向き合う作次郎。ふたりの会話を、ほかの皆はじっと聞いていた。

「おとよ、この騒動は、直蔵が残した持ち物が元凶だったのか。お前が私物の受け取りに執着したのも、小間物屋に盗みに入ったのも、何度も逃げたのも、あの男たちがお前を追っていたのも」

「はい……」

「あの簪は、いったい何だ。おれなどにはただの古びた簪にしか見えんが。あるいは、見る者が見ればよほどの値打ちものなのか。頼れる者もなく残されるお前と赤ん坊、ふたりのため、父親としてせめてもと、残していったものなのか」

「……」

おとよの沈黙が、すべてのこたえかもしれなかった。

作次郎はひとつ頷くと、ずぶ濡れの顔を袖でひと拭きしてから、抜いていた刀をしずかに鞘《さや》におさめる。

「わかった。なぜ直蔵がそんな簪を持っていたか、あとで奉行所で話を聞くとしよう。まずは体をあたためるほうが先だな。お前のためというよりは、赤ん坊のためにも」

「……はい、ありがとうございます」

川原に跪《ひざまず》いたおとよは、赤ん坊を大事そうに胸に抱き、深々と頭を下げた。

途端に、おとよの胸のなかの赤ん坊が、激しく泣きじゃくりはじめる。小さな命が、存在をしきりに主張しているかのようだった。その泣き声に弾かれ、おとよを掬い上げた平太もまた、たちまち力が抜けて頽れた。

──おとよさんを、見放さなくてよかった。

赤ん坊のけたたましくも、生命力に満ちた泣き声を聞きながら、平太は心から思った。

いかなる背景があったとしても、新しくこの世に生まれ出た人間はまっさらであり、どんな罪もないのだから。命より尊いものなど、きっとこの世にはないのだから。

平太は、泣きじゃくる小さな命を見つめながら、胸の奥から熱いものがこみあげてくるのを感じていた。

逃げるおとよを追いつづけていたのは、かつて、直蔵とともに賭場《とば》通いをしていた仲間たちだった。ひとりは、おとよがつとめていた飲み屋の使用人でもあった。

男たちは、かつて直蔵から、あることを聞かされていた。「大店《おおだな》の娘を騙《だま》して、高価な簪を貰った」という話だ。

とある茶屋で大店の娘と知り合った直蔵が、自らもべつの店の跡取りだと名乗り、娘と意気投合した。以後、一度だけ逢引きをしたのだが、すっかり直蔵の身の上を信じた娘が、また会いたいからと自らの簪を渡してきたのだという。

「大店の娘がつけていた簪だ。売れば、かなりの値になるだろう」

娘との逢瀬の話とともに、直蔵は、そんな自慢話をしていたという。

男たちは、その話を聞きながら、いつか隙を見て、直蔵が持っている簪を奪い、売り払ってしまおうとたくらんだ。というのも、直蔵が男たちにも借金をしていた。

ところが簪を奪って売り飛ばす前に、直蔵は、妹を悪徳口入屋に売ろうとした罪でお縄になった。簪は直蔵が持ったままだったから、男たちも手を出したくても出せなかった。

ある日、男たちは、ふと思ったのだ。

「直蔵の野郎、おれたちに借金をしていたくせに、返す気なんてなかったんじゃねぇか。自分たちだけがいい目を見たいからと、女房のおとよに簪を残すつもりだったんじゃないか。だから、しばらく売らずに取っておいたんじゃないか」

このままでは、簪を売った銭はすべておとよのものになってしまう。

そうはさせまいと、仲間たちは、直蔵の獄死を知ったのち、おとよがくだんの簪を受け取ると見て、後をつけていたのだった。

博打狂いだった直蔵の仲間だ。直蔵と同様、博打に負けて借金まみれだ。直蔵が残した簪を奪い取り、溜まっていた借金を返そうと考えていたのだろう。

いっぽうで簪を渡したくないおとよは、男たちから逃げつづけながら、もし逃げきれなかったときのために、ほかの簪を代わりに差し出そうと、小間物屋に幾度か盗みに入った。だが、盗みなどしたことがなく、迷いもあったおとよは、けっきょく代わりの簪を手にすることができないまま、男たちから逃げつづけるしかなかった。

これが、おとよや直蔵の博打仲間を取り調べた伊庭作次郎が、ひとまず行き着いた結論だった。

「直蔵本人がいなくなったいま、ほんとうのところは闇のなかだ。おとよや、悪い仲間たちの言葉を信じるしかないのだが」

釈然としないといった渋い面もちのまま、作次郎はぼやいた。

吟味の結末を聞き終えた平太も、おとよと男たちの話を、まるごと信じる気にはならない。

そもそも、おとよと直蔵はほんとうの夫婦だったのか。赤ん坊の父親は直蔵だったのか。直蔵が持っていた簪はどれほどの値打ちがあり、そもそも、おとよのために残したものだったのか。おとよが盗みを行おうとしたのは、直蔵の簪を守るためだけだったのだろうか。

疑えば、きりがない。

とはいえ、おとよは実際に盗みはしていないので罪にはならず、男たちは多くの借金や、詐欺、暴力沙汰といった、今回の件とはかかわりない罪で牢に入ることになった。簪をめぐる一件だけでいえば、誰も傷つかず、誰も罪を犯すことはなかった。これ以上は調べようもない。

ただ、直蔵という男が獄死した。それだけだ。

「ここらで幕だな」

作次郎は苦々しげに言った。

「せめて願うのは、あの直蔵が、最後の最後でこれまでの悪行を悔い、妹にしてやれなかった分、女房だったおとよに簪を遺そうとした。そうであってほしいということだ」

甘い考えかもしれない。だが、それくらいは願ってもいいのではないか。

話を聞き終えた平太もまた、直蔵の犠牲になったおみえのことを思い、直蔵が唯一傷つけなかったおとよを思い、直蔵のことを二度と思い出さなくてすむよう、その残影をそっと胸の奥にしまいこんだ。

騒動があって数日経ってからのことだ。

吉次親分の住まいで、赤ん坊とともに養生していたおとよは、直蔵の博打仲間たちが捕らえられたことを知った。

直蔵が最後に残した簪についても、正式におとよの手元に残ることが決まった。

簪を手にしたおとよは、「ほんとうに自分が受け取っていいのか」と、直蔵の妹であるおみえに問いかける。

「兄さんのことだから、きっと、大した価値はないと思うから」

冗談めかしておみえがこたえるので、おとよも「そうかもしれない」と苦笑いをした。

笑いをおさめたおとよは、おみえの顔をしげしげと眺めてから言葉をつづける。

「あなた、直蔵さんの妹とは思えないくらいいい子なのね。あの人、こんな出来た妹さんがいて、どうして身を持ち崩したのかしら」

「………」

「幼い頃に、父親や母親と離れ離れになったせいなのかな。よほど哀しくて、悔しかったんでしょうね。あたしも家の人間とは折り合いが悪かったから、そんな話はよくしていた。おみえさん、あなたのことも、よく聞かされた。自分には似ても似つかない、器量よしで頭のいい自慢の妹だって。いずれ、いいところの嫁にでもおさまるだろうから、自分なんかは離れたほうがいいんじゃないかって」

決して器用ではなかったが、おみえのことはよく気にしていたと、おとよは告げる。妹を大事に思うからこそ、己を不甲斐なく思い、距離を置いていたとも。

直蔵の隠された思いをはじめて聞かされたおみえは、何も言えずに黙っていた。

「酒のせいでまともな考えができなくなってからは、おみえさんにひどいことをしたけど、報いは受けた。もう、ゆっくり休ませてやってもいいのかもしれない」

おとよは、残された簪を握りしめる。

「この簪を、あの人の代わりと思って、ひそかに弔ってあげたいの」

赤ん坊を抱き寄せながら、おとよは、直蔵のために一筋だけの涙を流した。

涙をぬぐったのちは、一切の未練を断ち切って、新たな道へ進むことをおとよは決めたようだった。

騒動が片付いてしばらくしたのち、おとよは江戸を去ることにしたと、吉次親分や妻のお澄、おみえのもとを訪れて告げた。

どこへ行くのかと尋ねられると、

「この子と一緒に、川越の実家に帰ろうと思います」

とこたえる。

二年前、苦労に耐えかねて飛び出してきてしまった実家だ。

だが、この二年の間に、実家でも変化があった。

母親が再嫁した相手の男が老衰で亡くなったのに加え、奉公に出ていた実の兄が、奉公先で手代となった折に、母親とおとよを呼び寄せたいと申し出てくれたのだ。

母親はすでに嫁ぎ先から、もともとの家族が暮らしていた家に戻っており、おとよの帰りを待っているという。

「赤ん坊を産んだことを知らせたら、母親から返事が来たんです。二年前は、相手の男の世話で手一杯で、あたしを構うことができなくてすまなかったって。兄のもとに身を寄せれば、赤ん坊もゆっくり育てられるだろうから、帰って来てほしいと」

数年ぶりに実家に帰ろうとするおとよの顔は、すこし緊張にこわばっているかに見えた。

「すこし悩んだけど、いまは、そうするのが一番いいのかもしれません。赤ん坊の世話を母親に手伝ってもらいながら、あたしはあたしで、手習いをつづけて、これから身を立てていく術を探していこうと思っています」

二年前のおとよは、ただ苦労から逃げ出すことしかできなかった。だがいまは、すこし事情が違う。江戸で数年女中働きをしたうえ、ほんのわずかな間だが、せせらぎ庵に通い、読み書き算盤の基本だけでも身に付けた。生きる術を得るための、入り口に立つことができた。これからはさらに学び、力をつけたのちは、子を自らの手で育て上げ、いつかは兄のもとを離れて独り立ちだってできるかもしれない。

「あたしの居場所は、そうやって自分で作っていくしかないのでしょう。だから、あたしは、この子と一緒に帰ります。向こうで一人前になってみせます。苦労した母を助け、兄に恩返しし、この子を立派に育てます、二度と江戸には来ません」

「そう」と、お澄は、赤子を抱いたおとよを、眩《まぶ》しそうに見つめた。

「はじめてうちの店に来て簪を盗もうとしたときは、それはもう虚ろな目をしていたものだけど。守るものができて、生きる道筋を見出して、やっと人らしい顔になったね」

「その節は、ほんとうにすみませんでした」

「これからは堂々と生きておゆき」

「ありがとうございます、あたしはもう……逃げません」

深く深く深く頭を下げたのち、顔を上げなおしたおとよの表情は、かつてないほどに晴れやかだった。


江戸を去る前におとよは、一度だけせせらぎ庵を訪れ、千世や平太、筆子たちに別れの挨拶《あいさつ》をしていった。

「わたしなんかでも手習いをしていいのだ、まだ間に合うのだと、そう気づかせてくれたのは皆さんです。ほんとうにありがとう。実家に戻ってからも、あちらの手習い所に通いつづけたいです」

ひとりひとりの顔を見ながら、何か吹っ切れたように挨拶をしたおとよは、ふと、この場に格之進がいないことに気づいた。

おとよは、あらためて千世の顔を見る。

言わんとしたことに気づいたのか、千世はかるく頭を振った。

「格之進はね、ここ数日体調を崩してお休みしているのですよ。あの子もお見送りできないのを残念がっていました」

「そう……ですか。では、格之進さまに、よろしくお伝えください。あの川遊びの日に、すこしでもお話しできたことは一生忘れません、と」

おとよの言葉にこたえたのは平太だ。

「おれから必ず伝えておきます」

「よろしくお願いします」

格之進にだけ挨拶をできなかったことは心残りではあったが、おとよはすぐに表情をあらためて、「それでは皆さん、どうぞお健やかに」と言い残し、せせらぎ庵をあとにした。


そして——おとよが去った、その日の夕刻のことだ。

その日は、やけに赤い夕陽が空を覆っていた。

平太は千世とともに、御持筒組の組屋敷にある格之進の実家、幸田《こうだ》家を訪ねていた。

「千世先生でいらっしゃいますね、お待ちしておりました」

平太たちを出迎えたのは、格之進の兄だった。ろくに眠っていないのか、顔色は悪く、目もうつろで、ひどく憔悴《しょうすい》した顔つきをしていた。

ここに来るまでは、平太はまだ半信半疑だった。

おとよが去り、ほかの筆子仲間も手習いを終えて帰って行ったあと、ふいに舞い込んできた知らせを聞いたときも、悪い冗談だろうと高を括《くく》っていた。いや、悪い冗談だと思いたかったのだ。ここに来るあいだにも、自らに言い聞かせつづけた。

しかしここに来て、格之進の兄の表情を見ると、知らせはほんとうのことだったのだと、否応なくつきつけられる。

玄関先では、千世と格之進の兄との、「格之進は？」「気を失ったままで」などという小さな声でのやり取りが聞こえてくる。すると平太の息遣いはさらに荒くなっていき、不安という澱《おり》が腹の底からせりあがってきた。

「格之進さんは……」

掠れる声で平太があらためて問うと、千世を中に通した格之進の兄が、哀しげなまなざしを向けてきた。

「きみが平太か。格之進からよく話を聞いていたよ。きみもこちらへ上がって……格之進を見送ってやってくれないか」

「……見送るって何ですか」

相手の言葉の意味などわかりすぎるほどわかっているはずなのに、平太は聞かずにはいられなかった。そんなふうに言えば、相手を困らせるとわかっているのに、平太自身が認めたくないばかりに、我儘な問いかけをしてしまった。

そう、平太は認めたくなかったのだ。

格之進がこの世からいなくなってしまうことなど。

たちまち涙があふれてきて、平太は自分でもどうしていいかわからず、玄関先で嗚咽《おえつ》した。堪えようとすればするほど、涙はとめどなくあふれてくる。

「平太、こちらへおいで」

玄関の奥の廊下から、しずかにひとりの人物が歩いてきた。

木村養生所の医師見習い、善次郎だった。平太たちのもとに知らせを届けたのは、ほかでもない、この善次郎だ。

善次郎の師匠である木村義春が、ここ数日、体調を崩して寝込んだ格之進のもとへ往診に来ていたのだが、今日の午後になって、「いよいよ危ないかもしれない」との診立てをくだしたのだ。

「格之進が会いたがっていた人がいたら、連れてきたほうがいいかもしれない」

義春がそう言ったということはつまり、これ以上は、義春でも手の施しようがないということだ。

そして、知らせを受けて、平太と千世が駆けつけたのだが、平太はいまだこの事態を受け容れがたく、泣きはらした目で善次郎を見上げる。

「善次郎さん……」

「奥で格之進さんが待っているよ。行ってあげなさい」

「……」

善次郎と格之進の兄に導かれ、平太はよろめきながら家のなかに上がった。

はじめて訪ねた格之進の家は、武家というには質素すぎる暮らし向きに見えた。通された奥の間は、衝立《ついたて》と火鉢が置いてあるのみで、板敷の上に薄い夜具がのべてあり、格之進は青い顔をしてそこに横たわっていた。すぐそばに木村義春が控えており、その周りに両親や兄弟が付き添っている。

部屋の敷居をまたぐことができぬまま、平太は立ち竦《すく》んだ。

――どうしてこんなことになったのだろうか。

数日前までは、格之進は元気にせせらぎ庵に通ってきたではないか。朝早く来た日には、平太とふたりで予習をしたはずではないか。川遊びにだって、せせらぎ庵の皆と一緒に出かけたではないか。初夏の日差しのなか、明るく笑っていたではないか。

ひょっとしたら、あの頃から無理をしていたのだろうか。あるいは、苦しみは突然やってきたのか。

「格之進さん……」

やっとのことで、平太は部屋の中に入り、千世に手を引かれるまま、夜具の傍に跪いた。

「格之進さん」

もう一度、呼びかける。

こたえぬまま、目の前で格之進がしずかに横になっている。

かつて見たことのないほど青い顔をしていた。青い顔をしているのに、表情はおだやかにも見える。もはや苦しみさえ感じなくなってしまったのだろうか。二度と目覚めることはないのだろうか。「いやだ」と、平太は頭を振った。

格之進が熱を出して寝込み、せせらぎ庵に来られなくなったのは、おとよの騒動があってから数日後のことだった。

せせらぎ庵の手習い師匠、千世は、格之進の家族から、

「格之進はしばらく休ませます」

と、知らせを受けたのち、すこし気になって、信頼できる医者木村義春に相談したのだ。

そうすると、義春は往診に出向いてくれると請け合ってくれたので、千世はいったん安心していたのだが。

義春の看病も虚しく、格之進は寝込んだ二日後には、ひどい高熱にうかされることが多くなっていった。やがて高熱は連日連夜つづき、見る間に衰弱していく。ついにはときおり意識を失い、容体はあやうくなるいっぽうだった。

「今日、義春先生が往診にいらしたときは、昨晩から気を失ったままだったそうですよ」

「そんな……」

千世に告げられ、まっさきに平太の頭に浮かんだのは、雨のなか、格之進をおもてで走り回らせてしまったできごとだ。千世も同様のことを考えているのか、横たわる格之進に伸ばした手は、かすかに震えていた。

「わたしの、せいです」

いつになく低く哀しみにみちた声音で、千世はつぶやいていた。驚いた平太が視線を向けると、千世は、平太がはじめて見るほど青白い顔をしていた。

「おとよを捜しに出たとき、無理をさせてしまったのです。あのとき、格之進だけでもせせらぎ庵にとどめておくべきでした。いえ、それ以前にも、わたしがもっと格之進をいたわってあげられていたら……体調を見て、手習いを休むように言っていれば……そもそもわたしなどが、格之進を受け容れたことが間違いだったのでは」

「千世先生、そんなことは……」

平太がおもわず言いかけた、そのときだ。

「それは違いますわ、千世先生」

横合いから、べつの声がかかる。

格之進の母だった。目に涙を浮かべた格之進の母が、千世のそばに膝を進めてきて、千世の震える手を、自らの両手で包んだ。

「うちの格之進は、幼いころからいやというほど、この居間に閉じこもっていました。毎日毎日変わらぬ景色、そこの窓から、日の出と夕暮れを眺めて過ごす。

それしかできなかったのです。すこし動けば熱を出し、どこにも行くことができなくて、でも泣き言を言うとわたしたちが困るからと、黙って耐えている子でした。そんな格之進が、せせらぎ庵に通いはじめてから、たとえすこし具合が悪くても休むことを嫌がり、出かけた日は、心から楽しいといったふうに毎日のできごとを話してくれる。格之進は、やっと生きることを楽しいと思えたのですわ」

「お母上……」

「じつは、せせらぎ庵に通いはじめてすこし経った頃から、体はあまり芳《かんば》しくはなかったのです。以前にも増して、熱を出すことが多くなっていた。わたしたちは、やはり無理だから手習いをやめろと言いました。ですが、ずっと従順だったあの子が、わたしたちにはじめて異を唱《とな》えたのです」

長年、病と闘い、耐え忍び、親兄弟を悲しませまいとしてきた格之進だったが、ついに自らのことだけを考えて結論を出した。

これまで通り、手習いに通わせてほしいと。思うままにさせてほしいと。何事も為せないまま、ただ我慢して長生きをするよりも、無理をしてでもやりたいことを見つけたいと。ほんの些細なことでもいい、何かを成し遂げたいと。そして格之進という人物がいたことを、家族以外の誰かに覚えていてほしいと。

「だから、数日前に寝込んだときも、苦しそうにしながらも笑っていました。早く体を治して、またせせらぎ庵に通いたいと言っていました。千世先生や平太さん、皆に会いたいと」

「……」

「長年、ただ生きているだけで楽しみがなかった格之進が、充《み》たされた日々を送ることができたのは、千世先生や筆子の皆様のおかげなんです。体が弱いからといって格之進を遠ざけることをせず、受け容れてくださった。あの子は幸福だったと思います。だからどうか、ご自身のせいなどとおっしゃらないでください」

母親の言葉を受けた千世は、ついに堪え切れず涙を流した。

平太も声を上げて泣いた。格之進のことを、忘れられるはずがなかった。

冷たくなっていく格之進の頰を撫でたり、手や足に触れたりしながら、格之進の親兄弟たちは涙を堪えてじっと見守っている。

その向かいで、すべての手を尽くし終えた木村義春と善次郎とが、やはり格之進の様子をしずかに見つめていた。

厳かな静寂が、小さな部屋のなかに満ちていた。

そのなかで、しだいに格之進の息は弱くなっていく。

平太は、とめどなくあふれてくる涙をぬぐうこともせず、格之進のそばに寄り添っていた。

奇しくも、おとよが赤ん坊とともに江戸を去った日に、その門出の日に、いっぽうで格之進は息を引き取ろうとしている。

生まれる命もあれば、消えていく命もある。これはいかにしても逃れられない世の常だ。変わることなく繰り返されてきたことだ。

変わることがないのならば、せめて最期のひとときまで、格之進が苦しみませんように。自分たちと過ごした日々を、悔いていませんように。生まれてきたことを、喜びに感じていますように。平太はそう願いながら、格之進を見守りつづけた。

そんな平太の思いが届いたのか、気を失っていた格之進が、薄目を開けて、ほんの一瞬だけ平太と目を合わせた。格之進は青ざめた唇を動かし、かすかにつぶやく。

「平太……」

「格之進さん」

「平太……走れ、走れ、走れ。わたしの分まで……」

途切れ途切れではあったが、格之進は、たしかにそう言った。

格之進の言葉を聞いた平太は、相手の手を力いっぱい握りながら、しきりにうなずいた。

「わかったよ、格之進さん。一緒に過ごすことができて楽しかった。ありがとうございました」

そして——一刻ののち。親兄弟、千世や平太、木村義春と善次郎たちに見守られながら、格之進はしずかに息を引き取った。

苦悶の表情はなく、その顔は安らかだった。


格之進を見送った、その日の夜。

いっこうに泣き止まず、立ち上がることもできなくなった千世を迎えに来たのは、勘定奉行であり、千世の昔馴染でもある根岸鎮衛だった。

鎮衛は、格之進の親兄弟に丁寧に悔みを伝えたのち、困ったことがあれば力になるからと申し添え、千世を背負って幸田家を後にした。

けぶった月のもと、平太は、千世をおぶった鎮衛と並んで夜道を歩いていた。

「迎えに来てくださって、ありがとうございます。根岸さま」

「大変な一日だったなぁ、平太」

「はい、ほんとうに」

「見送ってやれてよかったな」

「はい……」

あえて、いつもと変わらぬ調子で語る鎮衛に、平太は大きく頷いてみせた。涙が涸れるほど泣いて、目も鼻も真っ赤《まっか》になっていたが、鎮衛に優しい言葉をかけられ、ふたたび涙があふれそうになってくる。

すると、鎮衛の背中に乗っている千世もまたかすかに嗚咽をもらしはじめたので、鎮衛は赤子をあやすように体を揺さぶると、やや歩調を緩めながら、しみじみと霞《かす》んだ月を見上げた。

「夜中もだいぶ暖かくなってきたよな。じきに夏だな」

「……」

「季節は移ろう。人の営《いとな》みもまたしかりだ。哀しみの先に、また喜びがあると信じて、おれたちは生きていくしかないのだろう」

「……そうですね」

鎮衛の言葉を嚙みしめながら、平太は、ある決意を胸のなかでかためていた。

「根岸さま、おれは決めました」

「うん？」

「おれは、医者になります」

この数日のあいだに、小さな命の誕生に立ち会い、はかない命の散り際《ぎわ》も見た。

生まれくる命も、消えゆく命も、どんな事情や立場がある人間にも、手を差し伸べられる人間になりたいと平太は強く願っていた。

この願いは、いまこのとき、ふたりの恩人の前で言わなければいけないとも思った。

「根岸さまは、一度は死にかけたおれを江戸に連れてきてくださった。千世先生は、心を失っていた自分に生きる道筋を示してくれた。おふた方がいなかったら、きっと生きてはこられなかったと思うのです。だからつぎは、その恩恵を誰かに返さなければと、その方法をずっと考えてきたけど、やはり直《じか》に命を救うことができる医者になりたいです。いや、きっとなります」

泣きはらしてはいたが、強い意志をこめた目で、平太は鎮衛のほうを見上げる。

そのまなざしを、鎮衛はまたたきもせず、まっすぐに見下ろした。

千世は、鎮衛の背中に顔をうずめたまま何も言わない。だが、体の震えは鎮衛には伝わってくる。

だからあえて鎮衛は、千世の代わりに平太に言った。

「わかった。だが簡単な道ではないぞ。もっともっと学を深め、修練を積まなければならん。千世のもとで懸命に学べ。そして立派に巣立っていけよ、平太」

「はい」

せせらぎ庵に辿り着くまで、会話はそれきりだった。

あとは無言のまま歩きつづける。

日ごとに暖かくなっていく夜気は、時の流れをも感じさせた。せせらぎ庵で文机を並べ、ともに語り合い、切磋琢磨《せっさたくま》しあった格之進とは二度と会えないのだと、あらためて思い知らされた。だがいま平太の胸にあるのは、哀しみよりも感謝の念だったかもしれない。

「ありがとう、格之進さん」

「走れ、走れ、走れ」という格之進の最後の言葉がよみがえってくる。そして、すでにこの場にはいない格之進に、平太は心のなかで語り掛けた。

「格之進さんに会えてよかった。己の進む道を見出そうとする、生きようとする姿に力をもらったのは、きっとおれのほうだ。だから、あなたのような人たちを、すこしでも助けていける、寄り添っていける医者になりたい。病や怪我で苦しんでいる人を、すこしでも多く助けていける人間になりたい」

——ほんとうに、ありがとう。

平太はこれから先、一生忘れられぬであろう光景を思い出していた。

格之進が横たわる部屋の奥、西向きの格子窓から、赤い夕陽が、部屋に溶け込むように入り込んでくる。静謐《せいひつ》な空気が流れる部屋のなかで、その夕陽を見つめながら、平太は己の進む道を心に決めたのだ。

忘れることはない。己の原点になった、この日のことを。

一〇〇字書評

切・り・取・り・線

購買動機（新聞、雑誌名を記入するか、あるいは○をつけてください）

□（　　　　　　　　　　　）の広告を見て	
□（　　　　　　　　　　　）の書評を見て	
□ 知人のすすめで	□ タイトルに惹かれて
□ カバーが良かったから	□ 内容が面白そうだから
□ 好きな作家だから	□ 好きな分野の本だから

・最近、最も感銘を受けた作品名をお書き下さい

・あなたのお好きな作家名をお書き下さい

・その他、ご要望がありましたらお書き下さい

住所	〒				
氏名		職業		年齢	
Eメール	※携帯には配信できません		新刊情報等のメール配信を 希望する・しない		

この本の感想を、編集部までお寄せいただけたらありがたく存じます。今後の企画の参考にさせていただきます。Eメールでも結構です。

いただいた「一〇〇字書評」は、新聞・雑誌等に紹介させていただくことがあります。その場合はお礼として特製図書カードを差し上げます。

前ページの原稿用紙に書評をお書きの上、切り取り、左記までお送り下さい。宛先の住所は不要です。

なお、ご記入いただいたお名前、ご住所等は、書評紹介の事前了解、謝礼のお届けのためだけに利用し、そのほかの目的のために利用することはありません。

〒一〇一-八七〇一
祥伝社文庫編集長　清水寿明
電話　〇三（三二六五）二〇八〇

祥伝社ホームページの「ブックレビュー」からも、書き込めます。

www.shodensha.co.jp/bookreview

祥伝社文庫

走《はし》れ走《はし》れ走《はし》れ　鬼千世先生《おにちよせんせい》と子《こ》どもたち

令和 5 年 6 月 20 日　初版第 1 刷発行

著　者　澤見《さわみ》 彰《あき》
発行者　辻　浩明
発行所　祥伝社《しょうでんしゃ》
東京都千代田区神田神保町 3-3
〒 101-8701
電話　03（3265）2081（販売部）
電話　03（3265）2080（編集部）
電話　03（3265）3622（業務部）
www.shodensha.co.jp

印刷所　堀内印刷
製本所　積信堂
カバーフォーマットデザイン　中原達治

Printed in Japan ©2023, Aki Sawami　ISBN978-4-396-34894-6 C0193

祥伝社文庫の好評既刊

澤見　彰
鬼千世先生
手習い所せせらぎ庵

この世の理不尽から子どもたちを守る。牛込水道町の「鬼千世」と恐れられる手習い所師匠と筆子の大奮闘。

澤見　彰
だめ母さん
鬼千世先生と子どもたち

子は親を選べない。とことんだらしない母を護ろうとする健気な娘に寄り添う、手習い所の千世先生と居候の平太。

馳月基矢
伏竜《ふくりよう》
蛇杖院《じやじよういん》かけだし診療録

「あきらめるな、治してやる」力強い言葉が、若者の運命を変える。パンデミックと戦う医師達が与える希望とは。

馳月基矢
萌《もゆる》
蛇杖院《じやじよういん》かけだし診療録

因習や迷信に振り回され、命がけとなるお産に寄り添う産科医・船津初菜の思いと、初菜を支える蛇杖院の面々。

馳月基矢
友
蛇杖院《じやじよういん》かけだし診療録

蘭方医の登志蔵は、「毒売り薬師」と濡れ衣を着せられ姿を隠す。亡き者にと二重三重に罠を仕掛けたのは？

五十嵐佳子
女房は式神《しきがみ》遣い！
あらやま神社妖異録

町屋で起こる不可思議な事件。立ち向かうは女陰陽師とイケメン神主の新婚夫婦。笑って泣ける人情あやかし譚。

祥伝社文庫の好評既刊

小杉健治

札差殺し　風烈廻り与力《よりき》・青柳剣一郎《あおやぎけんいちろう》①

旗本の子女が自死する事件が続くなか、富商が殺された。頰に走る刀傷が疼《うず》くとき、剣一郎の剣が冴える！

小杉健治

火盗《かとう》殺し　風烈廻り与力・青柳剣一郎②

江戸の町が業火に。火付け強盗を利用するさらなる悪党、利用される薄幸の人々のため、怒りの剣が吼える！

小杉健治

八丁堀殺し　風烈廻り与力・青柳剣一郎③

闇に悲鳴が轟《とどろ》く。剣一郎が駆けつけると、斬殺された同僚が。八丁堀を震撼させる与力殺しの幕開け……。

武内　涼

不死鬼《ふしき》　源平妖乱《げんぺいようらん》

平安末期の京を襲う血を吸う鬼を狩る《影御先》。打倒平家を誓う源義経と手を組み、鬼との死闘が始まった！

武内　涼

源平妖乱《げんぺいようらん》　信州吸血城

多くの仲間の命を代償に京から殺生鬼を一掃した義経たち。木曾義仲の援護を受け、吸血の主に再び血戦を挑む！

武内　涼

源平妖乱《げんぺいようらん》　鬼夜行《おにやこう》

古えの怨禍を薙ぎ払え！　義経、弁慶、木曾義仲らが結集し、妖鬼らとの最終決戦に挑む。傑作超伝奇、終幕。